典藏文學

馬克·吐溫

Mark Twain

1835-1910

湯姆歷險記 & 頑童歷險記

The Adventures of Tom Sawyer & Adventures Of Huckleberry Finn

馬克・吐溫

Mark Twain

1835 - 1910

認識馬克・吐溫

馬克・吐溫四歲時，隨家人移居密蘇里州位於密西西比河畔的漢尼拔鎮，此地便成了他日後創作《湯姆歷險記》與《頑童歷險記》的重要靈感之地。當時密蘇里州是美國聯邦的「奴隸州」，人們可以合法買賣、畜養奴隸。馬克・吐溫在這樣的環境下成長，使他對奴隸制度深有體悟，並成為他往後撰寫小說的主題之一。

他一生中從事過各行各業，像是環遊美國擔任印刷工，透過旅行開啟視野；或是擔任密西西比河的輪船領航員，深刻鑽研大河地理；更曾經淪為一名發財夢碎的礦工，過著艱苦營生的日子。後來，他到《企業報》擔任記者，並在此期間以筆名「馬克・吐溫」寫出第一部巨作《卡城名蛙》。

馬克・吐溫擅長描寫美國人熟悉的日常生活，他的作品打破地域界線，無論誰看到都會感到親切，這樣的「鄉土文學」成為日後美國人物形象的指標。他最著名的「幽默」筆法，也不是普通的輕鬆小品，而是將對現實的辛辣諷刺，包裝成詼諧逗趣的故事，讓人們在歡樂笑鬧的故事情節中，一窺社會不公與小人物的不幸人生。

馬克・吐溫眾多創作中，《湯姆歷險記》深受其童年經歷影響，主角湯姆頑皮、活潑，富有正義感，具有挑戰與冒險的精神，被評論家認為其建立美國民族新形象；身為續集的《頑童歷險記》則蘊含當時的各種社會問題，嚴肅感較重，卻也是奠定馬克・吐溫成為偉大美國作家的重要著作。

除了在文學上有重大意義，這兩本書對流行文化也有深遠影響：密蘇里州漢尼拔鎮每年 7 月 4 日美國國慶當天，會舉辦全國湯姆索耶日，活動包含圍欄繪畫比賽、跳蛙比賽、泥排球比賽等；在東京與美國迪士尼樂園，也有以《湯姆歷險記》為背景建造的湯姆・索耶小島，足見大師的作品歷久彌新，而湯姆和哈克的鮮明形象，也將持續在孩子們的心中長存下去。

湯姆歷險記
The Adventures of Tom Sawyer
P.7

頑童歷險記
Adventures Of Huckleberry Finn
P.109

湯姆歷險記

目　錄

第一章　心理戰

「湯姆！」

沒人回應。

「湯姆！」

還是沒人回應。

「這個湯姆，到底跑到哪兒去了！」

老婦人把眼鏡往下拉，從眼鏡上面往屋裡環視一圈，然後又把眼鏡往上抬，從眼鏡下面往屋外瞧了瞧。其實，她鮮少使用眼鏡找像小孩這種「小東西」，這副眼鏡只是一種地位的象徵，裝飾價值大於實用價值，就算戴上兩片爐蓋她也能夠看清周邊的東西。

但這回，她裡裡外外找了好久，還是沒有看到小外甥湯姆的身影。老婦人顯得有些不知所措，便叫嚷起來，口氣不凶，但聲音大得足以讓整個屋裡的「家具」都聽見：「要是讓我逮到你，我就……」

但是她沒把話說完，因為這會兒她正彎下腰，拿著掃帚往床底下揮舞，不時停下來喘口氣、歇一歇。但除了掃到一隻貓，她什麼也沒發現。

「我從沒見過這麼調皮的孩子！」

她走到門口，往院子的番茄藤架和曼陀羅花叢張望一會兒，也沒有湯姆的蹤影。

她扯開嗓門朝遠處大喊：「湯姆──湯姆──」

這時，從身後傳來輕微的腳步聲，她及時回頭，抓住湯姆的衣領。

「嘿！我早該想到你會躲在櫃子裡，湯姆你在這裡面做什麼？」

「沒有啊！」

「沒有？看看你那雙手和你那張嘴，那是什麼？」

「我不知道，姨媽！」

「可是我知道，這是果醬，我跟你說過幾百次，如果你敢碰那些果醬，我就剝了你的皮。把藤條給我拿過來！」

藤條在空中迴旋，看來湯姆不免又要遭受皮肉之苦。

「唉呀！波莉姨媽！你看後面，那是什麼？」

老婦人以為有危險，急忙撩起裙子，轉過身去。湯姆趁機拔腿就逃，迅速翻過高高的木板圍籬，一轉眼消失得無影無蹤。

波莉姨媽愣了一會兒，隨後忍不住笑了起來，「唉，湯姆這小子，我難道還沒吸取教訓嗎？他和我玩把戲不知道有多少次了，我竟然還是不懂得提防。人老了，真是糊塗了！只是他的把戲從來沒有重複過，誰猜得到他要出什麼新招！唉，都是我的錯，沒有善盡管教的責任。正所謂：『不打不成器』，我知道我太縱容他了，我也知道這樣對他不好。可他就是有本事拖延我手上的藤條，然後再想個法子惹我笑一笑，氣消後，我也就不忍心打他了。」

「他有一肚子的鬼點子，但他是我那位已過世姊姊的兒子，可憐的孩子，我實在不忍心打他。每一次饒了他，我的良心都會受到譴責；可是每次打他，我又覺得於心不忍。好吧！今天下午如果他又逃學，明天我就罰他做點勞力活。在週六工作雖然苛刻了點，因為其他孩子放假幾乎都在玩，而且他又最痛恨勞動，但是我必須盡點責任教導他，否則我就毀了這孩子。」

湯姆果真沒去上學。夏日午後漫長，開心吹著口哨的湯姆忽然停下腳步，因為他面前出現了一位陌生人——一個跟他差不多大的男孩。

在聖彼得堡這樣的小鎮裡，不管是男的、女的，還是老

的、少的，只要是外來的人，一定會引起居民們注意。而且今天不是星期日，那男孩卻穿得非常講究。他戴著別緻的帽子，穿著嶄新的上衣，脖子上還打了一個鮮豔的領結，一副都市人的派頭。

湯姆越盯著他看，對方越顯得神氣，湯姆心裡越覺得自己穿得寒酸。

他們盯著彼此，什麼話也沒說。一個挪動一步，另一個也跟著挪動一步，兩人像是在繞著圓圈，誰也不讓誰，對峙很久。

最後湯姆先開了口，搶先嗆了一句：「我一拳就能打倒你！」

「來呀，有膽就來試試！」

「我就打給你看。」

「我看你就不敢。」

他們就這樣你來我往吵了一會兒，卻沒人真的動手。湯姆要求男孩說出自己的名字，男孩說什麼都不願意。兩人又沉默片刻，突然互相肩抵著肩，瞪著對方。

湯姆威脅道：「你滾吧！」

「你才滾吧！」

兩個人僵持不下，肩抵著肩用力推撞，可是誰都沒占到優勢。他們一直鬥得滿臉通紅、汗流浹背才稍稍放鬆，卻仍謹慎地提防著對方。

湯姆用腳趾頭在地上畫了一道線，說：「你敢跨過這條線，我就把你打趴在地上，讓你站不起來！」

對方毫不猶疑地跨過那道線，說：「不是說要打我嗎？有膽量你就打啊！」

「你不要逼我！」

「你不是說要動手嗎？怎麼還不動手呢？」

「你要是肯給我兩個銅板，我馬上就動手。」

男孩馬上從口袋裡掏出兩個銅板，滿臉不屑地放在湯姆眼前，湯姆一把將銅板打落在地。

剎那間，兩人已經在地上扭打成一團，如同兩隻爭食的貓，狠狠地用指甲抓對方臉、扯對方頭髮、揍對方鼻子。雙方打得灰頭土臉。

最後，誰勝誰敗逐漸分曉：湯姆威風凜凜跨坐在男孩身上，攥緊拳頭一拳又一拳，直到男孩嗚咽地求饒，湯姆才放開他。

「現在你知道我的厲害了吧！下次最好給我小心點，看你還敢不敢嘴硬。」

新來的男孩站起來，哭哭啼啼地走開了，卻不時地回過頭，叫囂著：「下次要是再遇到你，我就，我就……」

湯姆對此不屑一顧，轉過身準備離去，沒想到男孩突然撿起石頭，丟中他的背，然後拔腿就跑。湯姆追在後頭，一路追到男孩的家，站在人家大門口，不斷叫囂，要他出來打一架，但對方只是站在窗內朝他做鬼臉。最後，男孩的媽媽走出來，大罵湯姆是壞孩子，喝斥他離開。湯姆只好摸摸鼻子走了。

那天晚上湯姆很晚回家。他偷偷潛入家裡，不料還是被姨媽發現。波莉姨媽見他衣服邋遢不堪，想必又和其他小朋友打架，於是她下定決心禮拜六要罰湯姆做苦力活，不讓他出去玩。

星期六早晨來臨，夏季的大地明亮清新，生意盎然。每個人心裡都蕩漾著一首愉快的歌，每個人的臉上都洋溢著喜悅的笑容，腳步輕盈。空氣中瀰漫著刺槐花盛開的芳香，小鎮後方的山坡，放眼所見一片蔥蔥郁郁，既美麗動人又寧靜安詳，彷如一座仙境，令人神往。

　　湯姆一手提著一桶白漆，一手拿著一把長柄刷，出現在人行道上。他望著眼前的木板圍牆，三十碼長，九英尺高，幾乎有半條街道長，愉悅的心情瞬間消失殆盡。湯姆沉重地嘆了一口氣，拿著長柄刷，沾上白漆，從圍牆的最頂端開始往下粉刷。一次又一次，周而復始。

　　湯姆看看眼前已經刷好的牆面，再看看一大片還沒刷的牆面，洩氣地坐在木箱上。就在這黯淡無助的時刻，湯姆忽然靈光乍現，想到一個聰明絕頂的好主意！

　　他拿起刷子，不動聲色地工作。不一會兒，貝恩‧羅傑走了過來，跳著愉悅的步伐，嘴裡啃著一顆蘋果，不時發出長長的「嗚──」聲，隨後還「叮噹噹、叮噹噹」地學鈴聲響──看起來他在假扮一艘蒸汽輪船！他減緩速度慢慢地靠過來，身體傾向右舷方，吃力、笨重地轉了船頭，使船逆風停下。

　　他扮演的是「大密蘇里號」，想像自己航行在九英尺高的海浪上。他一人分飾多角：是船、船長和引擎鳴笛聲，所以他必須想像自己站在頂層甲板上指揮，同時還要執行各種命令。

　　湯姆只顧著刷牆，沒有理會這艘船。

　　「嗨，湯姆在忙什麼啊？」貝恩‧羅傑問道。

　　湯姆沒有回應，只是用藝術家的眼光欣賞著自己剛剛粉刷的那一處圍牆，接著又用刷子輕輕一抹，像剛才一樣審視著自己的「作品」。

　　貝恩在他旁邊繞來繞去，湯姆心裡好想吃他手中的那顆蘋果，但是他依然堅守他的崗位。

　　貝恩還是不肯放棄嘲弄湯姆，他說：「我要去游泳，你不想去嗎？還是你得工作？真是可憐！」

　　湯姆默默望了他幾眼，說：「你說什麼工作啊？」

「難道你不是在工作嗎？」

湯姆繼續刷他的牆，滿不在乎地回答：「這個算不算工作，我不曉得，我只知道它很適合我。」

「哦！你該不會真的喜歡這個工作吧？」

湯姆看著好像非常享受刷牆這件事。他對貝恩說：「我沒有理由不喜歡吧！你想想看，哪個男孩會有天天刷牆的機會。」

這個說法倒是很新鮮。湯姆悠哉地來回刷著油漆，每刷完一道，他就端詳成品的效果，這裡添添，那裡補補，然後對著自己的「大作」品頭論足一番。貝恩把這些全部看在眼裡，越來越覺得有意思。他開始懇求湯姆把刷子讓給他，讓他試試看。

湯姆考慮了一下。眼看就要答應貝恩的要求，卻又改變心意：

「還是不要吧！波莉姨媽非常地看重這面牆，希德他想做，她都不讓他做呢！現在你就知道我身負重任了吧！如果讓你粉刷這面牆，出了什麼差錯……」

這番話更激起貝恩的興致，這回他非要刷牆不可了。他央求湯姆把刷牆的機會讓給他，為此，他願意用一顆蘋果作為交換。

湯姆看似十分不情願地讓出刷子，其實樂在心裡。當這艘「大密蘇里號」在烈日下揮汗工作的時候，湯姆這個退休的藝術家則坐在一個有遮蔭的圓木桶上，大口地啃著他的蘋果。同時，他也在盤算著如何讓更多傻瓜來代替他刷牆。

像貝恩這樣的傻瓜倒是不少。起先，他們都想過來嘲笑湯姆一番，最後卻一個個留下來刷牆。當貝恩累得撐不下去時，湯姆早已跟下一個接手的人達成協議，讓他們都心甘情願地掏出一只完好無缺的風箏、十二顆彈珠、一把破口琴等

有趣的東西，交換這珍貴的刷牆機會。

就這樣，一整個下午過去了，湯姆不但收穫滿滿，還度過了一段悠閒自在的時光。圍牆整整被刷上了三層油漆，要不是油漆用完了，估計全鎮的小男孩都會破產。

湯姆心想這個世界其實也沒那麼無趣，他發現了人類一種很有趣的心態：只要某個東西難以獲得，人們一定更渴望擁有。所謂的工作，不過是人們不得不去做的事；而所謂玩樂，也不過是人們樂意從事的活動。所以，踩水車是一種工作，而攀登勃朗峰卻是一種玩樂！

在英國，夏季裡有錢人每天都會駕著馬車走上二、三十英里的路，這項特權會花費他們許多錢，可若是你付錢給他們，這就不是娛樂而是強迫的工作，他們就不願意了。

湯姆踏著輕鬆瀟灑的腳步，回家向波莉姨媽交差去了。回到家，波莉姨媽正坐在一扇窗戶旁邊，邊織著毛衣邊打瞌睡，一隻貓酣睡在她膝上。

湯姆叫醒姨媽，問她：「我現在可以出去玩了嗎？我已經把圍牆粉刷完畢！」

波莉姨媽不是很相信他說的話，決定親自去查看。當她發現整面圍牆不僅刷過，還刷了一層又一層時，驚訝得差點說不出話來，「唉，真是怪事！簡直叫人不敢相信！」然後波莉姨媽難得地誇了湯姆幾句，便讓他出去玩了。

湯姆匆匆奔向鎮上廣場。他和好朋友喬·哈珀約定，各自帶領一支由孩子組成的「少年兵團」在這裡開戰。

這兩位將軍都不會親自上陣，戰爭由手下的軍官和戰士去拚命。他們只需坐在高處，下令給隨從副官負責去指揮作戰。

經過一下午的激烈打鬥，湯姆的「軍隊」大獲全勝。雙方清點「陣亡」人數，交換俘虜，訂定停戰協議，約定下次

「作戰」的日期，才各自回家。

當湯姆經過傑夫‧柴契爾的家時，看見院子裡有一位新來的女孩：藍眼睛、長辮子、白色的夏裝，真是美麗！這位剛打了勝仗的英雄，沒開一槍就向這位新來的女孩繳械投降了；原本愛慕的艾咪‧勞倫斯，也瞬間從心中消失，不留一點痕跡。

他原以為自己愛艾咪愛得發狂，為了獲取她的歡心，他費了好幾個月的工夫追求她。她答應當他女朋友還不到一個星期，那短短的七天內他曾是世上最幸福的男生，但此時此刻，她已是個匆匆過客，從湯姆心中消失得無影無蹤了。

湯姆默默注視著這位新天使，直到她發現自己為止。然後，他假裝不知道她在場似的，耍出各種可笑的小把戲，企圖贏得她的芳心。

這些愚蠢的動作持續一陣子，幾個高難度的危險動作做到一半，湯姆突然望見小女孩往家裡走去。他感到洩氣，攀靠在籬笆邊，望著女孩的背影，傷心地希望她再多逗留一會兒。

不久，那女孩果然停下腳步，在階梯上停留了片刻，然後又繼續往屋裡走，就在她進屋前的那一瞬間，拋了一朵三色堇出來，落在柵欄邊。

湯姆高興極了，拾起地上一根乾草，放在鼻子上，仰著頭竭力保持它的平衡，慢慢地向三色堇的方向挪動過去。最後，他伸出腳趾，靈巧地將花朵牢牢夾住，沒多久他就把這朵花別在衣服內側，在籬笆外流連，直到天黑才走回家。

整個晚上，他一直情緒高昂。吃晚餐時，他想趁機偷糖吃，被波莉姨媽發現，挨了一頓罵：「我一不留神，你就偷糖吃。你看希德可不像你！」

說完這句話，姨媽轉身進了廚房。希德得意洋洋地伸手

偷偷拿糖吃，不料一不小心把糖罐摔碎了。

　　這下輪到湯姆幸災樂禍了，但他刻意默不作聲，要等姨媽回來開口問，再跟她告狀。

　　波莉姨媽回來了，一進門就兩眼盯著地上的破罐子，怒火中燒，二話不說就要動手處罰湯姆。

　　湯姆大吃一驚，大聲叫道：「姨媽，你為什麼要打我？罐子是希德打碎的！」

　　波莉姨媽突然停住手，有點遲疑，此時湯姆非常渴望姨媽能向他道歉，不料姨媽卻大聲說：「好吧！你沒有，不過我想你也沒有受冤枉。你曾經在我不在時，做了一些大膽的惡作劇，這就當作是對你以前錯誤行為的處罰吧。」

　　其實波莉姨媽心裡有些愧疚，想說些溫柔安慰的話，但是如此一來，就等於承認自己剛才的錯，所以她只好保持沉默，內心不安地忙這忙那。

　　湯姆在角落裡生著悶氣，其實他知道，姨媽心裡很過意不去，他知道有雙關注的眼睛時常向他望來，那雙眼睛泛著淚光，但他一聲不吭，假裝沒發現。

　　他沉浸在自嗟自嘆的哀傷中。所以當他的表姊在闊別家人一星期後，歡天喜地從大門進來時，湯姆卻難過地從後門默默離開了。

　　湯姆沒有到平常玩樂的地方，他想找個能襯托他此刻心境的孤獨角落。於是他遊蕩到了河邊，獨自坐在木筏上，凝望著寬闊的河面沉思。

　　他想起那朵三色堇，可是從衣服裡拿出來的花已經枯萎了，更增添了幾分他心裡的憂傷。不知道女孩如果知道他的事，會不會同情他，還是會冷漠地掉頭不管呢？

　　這種想像帶給他一種苦中帶甜的滋味，於是，他在腦海裡一遍又一遍地重複著這種幻想，直到索然無味為止。

最後，他終於嘆息著站起身離去。

　　夜幕低垂，他沿著無人的街道，來到那座院子外面，二樓窗口上有燭光搖曳，莫非那女孩就在那兒？

　　他爬過圍籬，穿過樹叢，來到窗下，抬頭含情脈脈望了好久，湯姆就地躺在草地上，雙手合握在胸前，手中拿著那朵枯萎的花朵。心裡暢想著：當美好的清晨來臨，她往窗外一看，就會看到我的存在。

　　此時，窗戶突然打開，一位女僕破壞了這神聖的寧靜時光，一桶水「嘩啦啦」倒了下來，湯姆頓時變成了可憐的落湯雞，還差點窒息！他氣憤地從地上一躍而起，一腳跳過籬笆，在幽暗的夜色中飛奔而去。

第二章　獨占鰲頭

　　旭日東昇，和煦的陽光照耀著寧靜安詳的村莊。用完早餐，波莉姨媽帶著孩子們做家庭禮拜，引用了《聖經》中的禱詞，再加入一點她自己的詮釋。

　　湯姆也拿出全副精神開始背誦著聖經。他選了〈登山寶訓〉的五節經文，因為他找不到更短的了。近半小時後，湯姆還是記不住經文，因為他的心已不知飛去哪裡，兩手忙著東摸西摸的。

　　表姊瑪麗拿走他的聖經，要他把經文的內容仔細背過一次，湯姆努力地從模糊的記憶中拼拼湊湊地背道：「有福的是那……窮人……對，貧窮的人有福了，因為……因為天國是他們的……哀慟的人有福了，因為……」

　　「湯姆，到底應該是什麼？」

　　「嗯，哀慟的人有福了，因為他們、他們……瑪麗，你直接告訴我吧！」

　　「唉，湯姆，不是我愛捉弄你，我不能幫你，你得自己背出來，不要氣餒，你一定可以的，如果你背熟了，我送你一樣好東西。」

　　在好奇心和好東西的雙重誘惑下，湯姆終於重新振作精神，再接再厲，總算成功把經文背起來。

　　瑪麗最後送了他一把全新的巴露刀。這把摺刀在孩子眼裡可是了不起的好東西，湯姆欣喜若狂，抓起小刀就在櫥櫃上胡亂刻畫，當他正想打桌子主意時，就聽見瑪麗要他去梳洗，準備上主日學。

　　「湯姆，今天是禮拜天，你一定要把手和臉都好好洗乾淨！」

　　瑪麗端來一盆水，連肥皂也拿來了。

可是，湯姆把肥皂沾了水，又把它放回原位，然後悄悄地把水倒掉，只拿毛巾使勁地擦臉。

「嘿，你不害臊嗎？湯姆！水又不會咬你。」

瑪麗又重新給他端來一盆水，讓他梳洗完畢。然後她幫湯姆穿上西裝，把排扣扣得整整齊齊，再戴上一頂草帽，還有一雙擦得光亮的皮鞋。

準備就緒，瑪麗帶著湯姆和希德一起去上主日學。湯姆對於上主日學這件事，最感到厭煩；但是，希德和瑪麗卻非常喜歡。

主日學的課從九點上到十點半，接著便會做禮拜。瑪麗與希德總會自動留下來聽牧師講道，湯姆也會留下，不過他卻別有居心。這座教堂有點簡陋，屋頂是用松木板搭成的尖塔，座位椅背很高，沒有座墊，大約可以容納三百人。

湯姆刻意落後兩人一步，在教堂門口，與同樣衣著整齊的玩伴打招呼，拿出袋子裡的寶貝和他們交換各種顏色的獎勵卡。

「比爾，你有黃色卡嗎？一塊糖，外加一個釣魚鉤跟你換。」

「東西呢？」

湯姆拿出糖和魚鉤給比爾看，比爾很滿意，於是雙方交易成功。接著湯姆又用兩塊白石頭換了三張紅色卡，還用別的小玩意換了兩張藍色卡。當其他孩子走過來，準備上主日學時，湯姆也都會把他們攔住，一個個跟對方換取各種顏色的獎勵卡。十幾分鐘後，湯姆才和一群吵吵嚷嚷的同學一起走進教堂。

湯姆這一班都是調皮搗蛋的學生，沒有一刻安靜，他們的老師——華爾德先生——是個態度嚴肅、上了年紀的老先生，對於這些頑皮的孩子簡直束手無策。

　　他們背誦經文時，沒有一個人能完整背誦，總需要別人從旁提示。但大家都還是能勉強過關，每個人都能得到一張藍色卡。

　　每一張藍色獎勵卡上都印有一段經文，想獲得一張藍色卡，就得背熟兩節經文。集滿十張藍色卡可以兌換一張紅色卡，十張紅色卡可以換取一張黃色卡。只要累積了十張黃色卡，校長就會頒發一本《聖經》。想拿到這份獎品，總共需背誦兩千多節經文。瑪麗就是這樣獲得了兩本《聖經》，這是她辛苦了兩年的代價。

　　湯姆對於獎品可能沒有太大的興趣，但是他很渴望獲獎的榮耀與風光，因為每次頒獎，都是一場盛重、令人欽羨的表揚儀式。

　　校長華特爾先生走上臺，說起千篇一律的開場白：「孩子們，現在我要你們都端端正正地坐好……聚集在這裡學習正當的行為和優良的品德……」但沒多久就被一陣騷動中斷了，因為鎮上的名律師傑夫‧柴契爾，正領著一位胖胖的中年紳士、一位貴夫人和一位女孩進來。湯姆暗自驚喜，她不就是那位丟花給他的女孩嗎？

　　湯姆原本一直坐立難安，他不但煩惱焦躁，而且良心不安。他不敢正視艾咪，無法承受她含情脈脈的樣子。但當他一看見這位新來的女孩，心中立刻燃起幸福的火焰。他使出渾身解數，又扮鬼臉，又跟男孩們打鬧，希望引起女孩的注意。

　　幾位訪客被請上貴賓席就坐，校長向大家介紹他們，原來女孩的爸爸是柴契爾法官，也是這位名律師的哥哥。孩子們開始竊竊私語騷動了起來，因為在他們眼裡，法官是位非常了不起的大人物，誰要是能跟他握上一次手，也算大出風頭了。

校長宣布，接下來要頒發《聖經》。有幾個認真的孩子手上都有黃色獎勵卡，但是數量都不夠。這時，湯姆卻拿著九張黃色卡、九張紅色卡、十張藍色卡走上前，請求換取一本《聖經》。華特爾先生大吃一驚，他怎麼也沒想到要求領獎的竟是湯姆。

　　於是，湯姆很榮幸地被請上臺與法官站在一起，瞬間成了一個英雄。這大概是十年來最讓人震驚和意外的事情，因此全場為之轟動；而那些把獎勵卡換給湯姆的孩子們，更是懊悔不已，忌妒得咬牙切齒。

　　校長雖然覺得難以置信，還是盡量展露笑容，說了一些讚美的話。只是聽得出來帶了幾分遲疑。畢竟，誰會相信這調皮的男孩能背誦兩千節的經文呢？

　　看見湯姆領獎，艾咪感到既高興又驕傲，她想要讓湯姆知道，可是湯姆完全不看她一眼。這是怎麼回事？她仔細觀察了湯姆一會兒，發現他一直在偷瞄那女孩。艾咪這才恍然大悟。她感到心碎，而且充滿嫉妒與憤怒。

　　校長把湯姆介紹給法官大人，湯姆緊張得舌頭打結，喘不過氣，心臟跳得厲害。一方面因為法官是位大人物，另一方面因為他是那女孩的父親。法官將手放在湯姆的頭上，稱讚他是個好孩子，問他叫什麼名字。

　　「湯姆。噢，不對，不是湯姆。是湯瑪斯，先生！」

　　「你真是個好孩子！兩千節經文，非常不容易。你花那麼多精力背誦這些經文，會使自己終身受益的。知識是無價的寶藏，它能幫助你成為一位好人，一位偉人。湯瑪斯，有一天當你功成名就，你會說，這一切都歸功於主日學，感謝老師的教導、校長的鼓勵和督促、還給了你一本漂亮的《聖經》。你要永遠保留！」

　　法官繼續說：「現在把你學過的內容說給我和我的夫人

聽聽，我想，你肯定知道十二門徒的名字，你能告訴我，最早跟隨耶穌的兩位門徒是誰？」

只見湯姆滿臉通紅，目光下垂，手指撥弄著鈕扣；校長的心隨之一沉。最後湯姆脫口說出：「大衛和哥利亞！」看來這戲演不下去了……

大約十點半，教堂的鐘敲響了，大人們隨即聚集來聽牧師講道。剛上完主日學的孩子們各自坐在自己父母身邊，湯姆、希德和瑪麗跟著波莉姨媽坐下。

窗外是吸引人的夏日，為了防止湯姆因眺望遠處而不專心，姨媽把他安排在靠近走道的位置。

當鐘聲再度響起，教堂裡一片寂靜，顯得十分莊重。牧師開始朗誦詩歌的歌詞，他的音調充滿抑揚頓挫，很是美妙悅耳。帶領大家唱完詩歌後，牧師接著進行禱告：他為教堂和裡面的孩子們祈禱；為漂泊在海上遭遇狂風暴雨的可憐水手們祈福；為被迫在君主和帝王制度鐵蹄下呻吟的勞苦大眾祈福……

湯姆越來越坐立難安。這時，有隻蒼蠅飛過來停在他前面的座椅靠背上，不慌不忙地搓著腿，伸出前臂抱住頭，使勁地擦著腦袋，用後腿撥弄翅膀，把翅膀向身上拉平，好像一件禮服的後擺；牠逍遙自在地在那兒做著全套梳妝打扮的動作。

湯姆伸出兩隻手慢慢移過去想抓住牠，卻忽然想到，在禱告的時候做這種事，他的靈魂肯定無法上天堂，於是又趕緊把手縮了回去。

當牧師開始講道時，湯姆再次陷入苦惱。此時，他突然想起了一個寶貝。湯姆從袋子裡摸出一個小盒子，放出一隻黑色大甲蟲。這隻甲蟲長了一對特別大的下顎，所以湯姆給牠取名叫「老虎鉗甲蟲」。

甲蟲剛爬出盒子就狠狠地咬了一口湯姆的手指，湯姆痛得大力甩了一下指頭，把甲蟲甩得遠遠的。甲蟲仰面落在走道地板上，幾條腿奮力地掙扎著，卻翻不了身。湯姆眼巴巴地看著牠，想把牠抓回來，但距離太遠沒辦法伸手。

　　這時，一隻白色的小狗懶洋洋地走過來，看見了這隻甲蟲。頓時，小狗下垂的尾巴突然高高地翹起。牠仔細端詳著甲蟲，用鼻子聞了聞，繞著甲蟲轉圈圈，張開嘴想嚐嚐甲蟲的滋味，又不知從何下口。

　　轉了很久，小狗累了，蹲坐下來趴在甲蟲面前。就在牠垂下腦袋的瞬間，甲蟲伸出鉗子夾住牠的鼻子。「汪！」小狗大叫一聲，用力把頭一甩，竟將甲蟲彈出幾英尺之外，甲蟲再一次背部著地。

　　小狗澈底清醒了，心中升起一股怨氣，一次又一次撲向甲蟲，卻始終不敢靠近。不一會兒，小狗覺得累了，轉而追著一隻蒼蠅，完全忘記甲蟲的存在；等蒼蠅飛走，小狗一屁股坐下來，壓在甲蟲身上，只聽見一陣哀號，小狗在走道上狂奔，從講臺上穿越整個教堂大廳，跑得越快痛楚越深，簡直成了一個毛茸茸的彗星。小狗最後跑進主人的懷抱，主人將牠帶到外面，這才停止哀嚎。

　　鬧劇結束，牧師又接著講道，但下面座位上不時會傳來笑聲，大家都因拚命忍住不笑而憋得滿臉通紅。等人們終於結束受難，牧師給大家祝福的時候，全場都不免感到一陣輕鬆。湯姆心想：若每次做禮拜時都能發生一些好玩的事，就不會無聊了。美中不足的是，他願意讓那隻狗和他的甲蟲玩玩，可是牠竟帶著甲蟲跑了！

　　很快地禮拜一又來臨了。這天的早晨是湯姆最痛苦的時候了，因為漫長難熬的一個星期又開始了。他寧願中間沒有隔著休息日，這一天之後再回到學校更令人難受。

　　湯姆躺在床上翻來覆去，心想如果自己生病，就能待在家裡不用上學了。於是他動起歪腦筋，開始不停地哀嚎，佯裝自己的腳趾頭紅腫發炎，痛得要人命。

　　湯姆的呻吟驚醒了希德。希德被湯姆精湛的表演給欺騙了，穿起衣服就跑出房間，飛快地跑下樓大聲叫道：「波莉姨媽快來呀！湯姆快死了！」

　　波莉姨媽大步跑上樓，來到湯姆床邊，喘著氣說：「湯姆，湯姆，你怎麼啦？」

　　「我……我……我的腳趾頭生瘡了。」湯姆皺著眉頭狀似痛苦地說。

　　波莉姨媽一屁股坐在椅子上，笑了一會又哭了一陣，然後又連哭帶笑。等到她終於恢復常態後，她說：「湯姆，不要再胡說了，快起床上學去！」

　　湯姆還是不甘心：「波莉姨媽，我的腳趾真的很痛，痛到我忘記了牙痛。」

　　「唉，你的牙齒又怎麼了？」

　　「有一顆牙在搖，真是痛得要命！」

　　「好了，別再叫了，我看看，張開嘴巴，這顆牙恐怕要掉了。瑪麗，幫我拿一條絲線，再從廚房裡拿一塊燒紅的炭來。」

　　這下換湯姆求饒了：「姨媽，求求你別給我拔牙，現在已經不痛了。我再也不會裝病翹課了，真的！」波莉姨媽可不吃湯姆這套，她用絲線套住湯姆那顆在搖的牙齒，拿起燒紅的炭塊，突然朝湯姆臉頰伸過去，嚇得湯姆用力地把頭縮了一下，那顆鬆動的牙瞬間就被拔了下來。最後湯姆還是不情願地去上學了。

　　路上，湯姆碰見了哈克。（他的本名叫「哈克貝利・費恩」，但大家幾乎都只叫他「哈克」。）

哈克是鎮上一個酒鬼的兒子。他不上學，不做禮拜，也不必聽誰的話，是個遊手好閒的野孩子。全鎮所有的媽媽都不准自己的孩子跟他往來，可是孩子們卻都非常崇拜他，嚮往他那樣的生活。湯姆也不例外。

　　湯姆停下來和哈克聊天。哈克立即向湯姆展示他手中的一隻死貓，並告訴他，今夜想到墓地試驗死貓是不是真的可以用來治病。於是，湯姆和哈克約定好今夜一起到墓地，互相以貓叫聲作為暗號。兩個男孩就此告別。

　　湯姆來到學校時，已經開始上課了，老師正坐在高高的扶手椅上，聽著催眠的朗讀聲，打著瞌睡。湯姆趁機輕手輕腳地溜進教室，希望老師沒有發現他，不幸地還是驚動了老師。

　　「湯瑪斯‧索耶！」

　　「有！」一聽見老師叫他的全名，湯姆便知道自己麻煩大了。

　　「你今天為什麼又遲到？」老師生氣地問。

　　湯姆原本想撒謊來蒙混過關，卻忽然看見背上垂著兩條長辮的女孩，這不正是前幾天拋花給他的美麗女孩嗎？她的身邊恰好有一個空位，是專門為不守規矩的男孩所保留。於是湯姆立刻回答道：「我在路上停下來跟哈克聊天！」

　　老師生氣地又問了一遍：「你說什麼？」

　　「我在路上停下來跟哈克聊天。」

　　老師還是頭一次聽到湯姆這麼坦白。他氣急敗壞地責罰湯姆，並罰他坐到女孩旁邊去。雖然場面有些難堪，湯姆卻不以為意。他高高興興地坐下來，趁其他同學不注意，從口袋裡掏了一顆桃子出來，放在女孩的桌上。

　　女孩推開桃子，湯姆又推了回去。這樣來回了幾次，湯姆對女孩說：「請你嚐嚐，我還有呢。」

　　女孩不再把桃子推回來，卻也沒有收下。湯姆又想了個主意，他刻意用左手擋住寫字板，故作神祕地在上面畫著東西。

　　這回輪到女孩有些好奇了。她央求湯姆給她看一看畫的是什麼，湯姆卻偏不給她看。女孩求了他好久，湯姆才半遮半掩地給她看：上面畫了一間鄉村小屋，煙囪裡冒出一道彎彎曲曲的炊煙。橢圓形的月亮伸出一雙手，其中一隻手還拿著一把扇子。女孩稱讚湯姆畫得好，湯姆也答應中午留下來教她畫。

　　湯姆再一次遮住自己的寫字板，在白紙上面塗鴉。這一回，無論女孩怎麼央求，湯姆都不給她看了。女孩急了，她伸出手，按住湯姆的手臂。兩個人搶了一會兒，湯姆的手才一點一點從寫字板上移開，露出幾個字：「我喜歡你。」女孩瞬間臉紅了。

　　就在這時，他們兩人的動作驚動了老師。於是，老師先處罰湯姆之後，命令他坐回自己的原位。同學們都大聲地嘲笑著，但是湯姆卻暗自得意。因為他已經知道那個女孩的名字，她叫貝琪‧柴契爾。

　　中午休息的時間，湯姆跑去找貝琪，叫她先假裝離開學校，再從一條小巷偷偷繞回來，回到學校與他會合。貝琪照做了。在空無一人的校園裡，湯姆手把手教貝琪畫畫，當他們對畫畫漸漸失去興趣時，就開始聊天。

　　沉浸在幸福之中的湯姆對貝琪說：「我打算長大後到馬戲團當小丑。」

　　「啊，真的嗎？那很不錯。小丑很可愛，也非常受到大家歡迎呢。」

　　「是的，一點也沒錯。他們一天賺一塊。貝琪，你訂過婚嗎？」

「什麼是訂婚？」

「就是你跟一個男孩承諾，你永遠愛著他，永遠不會變心，然後親吻他。」

貝琪羞澀地說：「還是等下回吧。」

湯姆不答應，「現在就說，貝琪。」就在貝琪害羞低頭的時候，湯姆在她耳邊說了那幾個字。然後他又說：「現在該換你對我說了。」

貝琪執意不肯，但是在湯姆的堅持下，她怯生生地彎下身子，在湯姆耳邊輕輕地說出幾個字：「我喜歡你。」說完她就滿臉通紅地跑開了。

湯姆又跑過去懇求她：「貝琪，我們還要親一下。」

貝琪拗不過湯姆的固執，順從湯姆的意願。湯姆親了親她那紅潤的嘴唇，開始得意起來，隨口說了一句：「我真開心，我跟艾咪‧勞倫斯以前……」

貝琪睜大雙眼不可置信地望著他，湯姆這才發現自己已鑄成大錯，於是他住了口，有點不知所措。湯姆想要安慰貝琪，但她卻不聽，乾脆掉頭對著牆大哭起來。

湯姆掏出他非常寶貝的一隻銅把手，舉到貝琪面前，對她說：「貝琪，我把這個送給你，你別哭了好嗎？」

貝琪卻氣呼呼地一把將銅把手打落在地。湯姆見狀非常生氣，立刻拔腿跑出校門，等貝琪反應過來想喊他回來的時候，他早已不見人影。

第三章　墳場凶殺案

　　湯姆失望地走進一片茂密的樹林，坐在青苔地上鬱鬱寡歡地沉思著。中午的悶熱，令人窒息，連樹上的鳥兒都停止了歌唱。這孤寂的氛圍正吻合他此刻的情緒：他把自己最好的東西送給貝琪，她竟然看都不看一眼！

　　於是他暗自下定決心，要成為一個了不起的人。對！當一名海盜，他將揚名天下，神氣地回到故鄉，讓所有人羨慕得兩眼發直。

　　走著瞧吧！

　　沒錯，他的計畫就這麼決定了，他要離家出走，展開海盜生涯！明天就要啟程，現在就要開始做準備。

　　就在這時，林間小路上隱隱約約傳來一聲錫皮玩具喇叭聲。湯姆迅速從灌木叢中找出一把簡陋弓箭、一把木劍和一支錫皮喇叭。

　　片刻之間他就抓著這些東西，吹了聲喇叭作為回應，然後踮著腳東張西望，對著想像中的同伴說：「好漢們！趕快隱藏起來，直到我吹起號角。」

　　這時，喬‧哈珀出現了。他裝扮得和湯姆相似，一身輕裝上陣，但武裝齊備。

　　「站住，來者何人，未經許可，竟敢闖進森林？」

　　「我乃吉斯博恩爵士，無需任何人的批准。你又是何方神聖？膽敢……膽敢……」

　　「膽敢口出狂言！」湯姆給哈珀提詞，因為他們全是憑記憶背下這些臺詞。

　　「我乃羅賓漢是也，你這卑劣的傢伙馬上就會知道我的厲害！」

　　「這麼說來，你真的是那位大名鼎鼎的羅賓漢，我正想

與你較量，看誰能在這片林子發號施令。放馬過來吧！」

他們各持一把木劍，把身上的其他武器全丟在地上，兩人腳尖對腳尖，擺出擊劍的姿態，開始一場戰鬥。他們繼續玩著角色扮演的遊戲，結束後兩個男孩換好衣服，藏好那些配備，邊走邊傷心地說：「現在已經沒有綠林大盜了，真不知道現代文明拿什麼來補償我們的損失。」對他們來說，當一輩子的美國總統，還不如當一回綠林好漢。

晚上九點半，湯姆和希德一如往常上床睡覺。希德很快睡著了，但湯姆沒有睡，他不耐煩地等著，等了好久，才過了十點。他翻來覆去，最後只好躺在床上，兩眼盯著漆黑的夜空。

萬籟俱寂，但很快地，原本小到快聽不見的雜音開始越變越大，牆上掛鐘的滴答聲、老舊橫梁的龜裂聲、波莉姨媽的鼾聲、蟋蟀叫聲和更遠的狗吠聲互相回應。

午夜時分，湯姆開始打起瞌睡，窗外突然傳來一聲聲貓叫聲，鄰居打開窗戶，咒罵一聲：「滾，你這惡貓！」使湯姆完全清醒過來。

他很快穿好衣服，從窗戶出來，爬行在屋頂上。他一邊爬，一邊小心謹慎地「喵」了一兩聲，然後縱身一跳，上了木棚小屋，再跳到地上。

哈克早已在他們約定的地方等候，手裡還拿著那隻用來實驗的死貓。接著，兩個孩子一起消失在黑暗中。半個小時後，他倆就穿行在墓地的深草叢中。

這座墳場坐落在離村莊約一英里半的山丘上，墳場的圍籬相當雜亂，有的向內，有的向外。整片墓地雜草叢生，沒有一塊墓碑是完好的。

深夜的墓地籠罩在一片神祕的氣氛之中。一陣微風掃過樹頂，湯姆覺得那是亡魂的聲音，受到打擾而不安分。

不久，他們找到了想找的那個霍斯・威廉的新墳，就在距墳墓幾英尺的三棵大榆樹下，藉樹蔭掩護席地而坐。

他們靜靜地等了似乎很長一段時間，除了遠處貓頭鷹的叫聲外，周圍是一片死寂。湯姆越來越心慌難耐。

「這裡真是靜得可怕，是不是？」哈克說。

「太安靜了！」

一陣很長的沉默後，湯姆又小聲地說：「喂！哈克，你想老霍斯聽得見我們說話嗎？」

「當然啦！至少他的靈魂聽得見。」

他們的談話又終止了，湯姆不敢說話，心想霍斯・威廉的鬼魂是否會聽到，而認為他們很壞。

突然，湯姆抓住哈克的手臂說道：「噓！來了，你快聽！」

「哦！天哪！湯姆，他們來了，他們來了，真的！我們該怎麼辦？」

「啊！不要害怕。我想他們不會來找我們。我們又沒做壞事。只要乖乖不動，也許他們根本不會發現我們。」

就在這時，黑暗中走來幾個模糊的身影。

湯姆和哈克嚇得趕緊俯下身子，在草叢中屏住呼吸。那幾個人影漸漸走近，還伴隨著說話聲，其中一個人提著舊式錫燈，燈光在地面上搖曳。

湯姆和哈克聽出來了，他們是人，一共三個人，一個是殺人如麻的印江・喬，一個是酒鬼莫夫・波特，還有一個是年輕的魯賓遜醫生。

波特和印江・喬推著一輛手推車，車上放了一條繩子和兩把鐵鍬。他們把工具拿下來，開始挖霍斯・威廉的墓，醫生則將提燈放在墓前，自己靠著一棵榆樹坐下，就在湯姆和哈克伸手可及的地方。

「動作快點！」他低聲地說：「月亮隨時會出來。」

印江‧喬和波特繼續挖墓，有一段時間，只能聽到他們把一鏟又一鏟泥土和碎石拋出來的聲響。

湯姆小聲地問哈克：「他們在做什麼？」

「盜墓。醫生有時會使用屍體來做一些實驗和研究，但是他們真是不該這樣做。」哈克用顫抖的聲音回答。

最後鐵鍬碰到棺材，不一會兒波特和印江‧喬就從裡面抬出一具屍體，放在手推車上，蓋上布再用繩子固定好。

印江‧喬突然對魯賓遜醫生說：「這些該死的事情都搞定了，醫生，你必須再給我五塊錢，如果你想把屍體運到別處的話。」

「我們已經談好一個價碼，而且我已經付錢了！」魯賓遜醫生生氣地說。

「沒錯，不過我們的帳可還不止這些。」印江‧喬怒吼著：「五年前我到你家討點東西吃，你竟然趕我走！你父親甚至把我當無業遊民關進監獄，你以為我會這樣忘了嗎？我身上印第安人的血可不是白流的。現在你落在我手裡，這筆帳該要怎麼算，你應該很清楚！」

這時，印江‧喬握緊拳頭靠在臉上威脅著醫生，醫生突然猛擊一拳將印江‧喬打倒在地。

見狀，波特扔下刀，大喊：「喂！別打我的夥伴！」

轉眼間，波特和醫生扭打在一起，醫生抓起霍斯‧威廉的墓碑把波特打倒在地。

印江‧喬迅速從地上爬起來，拾起波特的刀刺進醫生的胸膛，醫生跟蹌地倒在波特身上，死了！

看到這幅可怕的景象，兩個深受驚嚇的孩子立刻在黑暗中拔腿飛奔而去。

不久，月光浮現，印江‧喬注視著倒在地上的兩人，喃

喃唸道：「這筆帳總算是清了！」

　　印江·喬最後把醫生洗劫一空，拿走了手錶和皮夾。接著，他拔出凶刀，把刀放在昏迷中的波特手上。

　　波特醒過來，看見倒在地上的魯賓遜醫生，又看見自己手上的刀子，嚇得不知所措，「今天晚上真不應該喝酒，我到現在還神智不清。印江·喬，你老實告訴我，我是不是真的殺人了？我是無心的，我從來沒想過要殺他。他還那麼年輕！告訴我，事情是怎樣發生的？」

　　「你們兩人扭打在一起，他拿了一塊墓碑砸你，你就倒下了。過沒多久你站了起來，滿身是血，腳步也站不穩，就在他拿起墓碑準備再次砸向你的時候，你握著刀子狠狠地刺下去，然後你也倒地不起，直到現在才甦醒。」

　　「啊，我不知道自己做了什麼！我這輩子從沒有用過武器啊！」可憐的波特跪下來，握著印江·喬的手懇求：「別說出去！我相信你不會說出去的，對吧，印江·喬？」

　　「你一直是我的好夥伴，」印江·喬回答：「所以，我會替你保守祕密。」

　　「哦！喬，這輩子我都會感謝你的。」說完，波特就大哭了起來，心慌意亂撇下手中的刀，飛也似的跑了。

　　「波特現在心頭紛亂，不會想起來這把凶刀還遺留在現場，不過我料他也沒膽量回來拿！」印江·喬說著，沒幾分鐘，他也離開了。

　　現在除了月光照耀，被殺的人、蓋著布的屍體、沒有蓋子的棺木、被挖開的墳墓，所有的一切，再次陷入死寂。

　　湯姆和哈克往鎮上飛奔，害怕得說不出話來，邊跑邊回頭看，像是害怕被人跟蹤。一路上出現的樹樁、狗吠都讓他們嚇得加快腳步，直到跑到製革廠，他們才敢大聲喘氣。

　　湯姆低聲說：「哈克，你想這事結局會怎麼樣？」

「如果魯賓遜醫生死了，我想他們會判凶手死刑。」

湯姆想了一會兒，說：「誰會去告密呢？我們嗎？」

「你說什麼？萬一中間出了什麼差錯，印江‧喬逃過了死刑，他一定會想辦法除掉我們，這一點無庸置疑。還是讓莫夫‧波特自己說吧！」

「哈克，莫夫‧波特打死都不會說的，因為他根本不知道到底發生什麼事，印江‧喬殺人的時候，他還倒在地上昏迷不醒啊！」

「你說的對，湯姆！」

兩人又沉默了一會兒，湯姆才又說：「哈克，你確定自己可以保密嗎？」

「湯姆，我們一定得保密啊！否則印江‧喬之後要對付我們，就像淹死兩隻小貓一樣容易。我們要互相發誓，一定要守口如瓶！」

「這樣做再好不過了。哈克，我們就握握手，然後發誓我們……」

「哦！不，這樣是不夠的。發這種重大的誓言，就應該要寫下來，而且要用自己的血簽名。」哈克說。

湯姆對這個提議大表贊同，他從地上拾起一片乾淨的松木片，攤在月光下，又從口袋裡拿出一小塊紅粉筆，潦草地寫出幾行字。

接著湯姆就從口袋裡拿出一根針，在兩人的大拇指上刺了一下，擠出一滴血。湯姆就用他小指頭的指腹簽下名字的縮寫，然後教哈克如何寫下 H 和 F 兩個英文字母，因為他沒學過寫字。

「湯姆，這會讓我們永遠保密嗎？」

「我想會的。」

之後，他們便各自回家。湯姆從窗戶爬回臥室時，天已

經快亮了。他輕手輕腳脫去衣服，睡下的時候，暗自慶幸自己出去沒被人發覺，卻沒注意希德其實是假裝睡覺，他早已發現這一切。當他一覺醒來時，弟弟已經不在屋裡，上學的時間也早已過了。他在想波莉姨媽怎麼沒來叫醒他？

樓下家人都吃過早餐，湯姆覺得身體又痠痛又睏，餐桌上的沉默使他心中掃過一陣涼意。沒有人責怪他，只是用責難的眼神望著他。

最後湯姆被姨媽叫到一旁，姨媽悲痛地哭泣，問他為什麼如此不聽話，傷透她的心。

聽到她的問題，湯姆的心比身體更痛。他也哭了，求姨媽原諒他，一再答應會改過自新。他的心難過到竟然忘了生希德的氣，但是，湯姆心裡知道一定是希德告訴姨媽他半夜離家。

經歷了目擊凶殺案的折磨，再回想波莉姨媽的淚水，湯姆帶著沉重的心情來到學校。而這時候又收到貝琪送還他的銅把手，更猶如雪上加霜。在這麼多事件的輪番衝擊下，湯姆覺得自己的心已經接近崩潰，不禁一直唉聲嘆氣。

接近中午時分，魯賓遜醫生遇害的消息傳遍全鎮，所有人都非常震驚。杜賓老師決定讓學生們放半天假，因為一想到昨晚的慘案，沒人還有心情做其他事。

據傳聞，莫夫·波特那把沾滿血跡的刀在魯賓遜醫生的身邊被人發現。而且，有人說凌晨兩點左右，他看見波特在河邊鬼鬼祟祟，一見有人來立刻起身跑掉。鎮上的人已經全力展開追捕，相信天黑前就會逮到這個「殺人犯」。

鎮上居民紛紛湧向墓地，湯姆也來到命案現場。他擠過人群來到前排，看見死者的慘狀，心中升起愧疚感。這時有人在他手臂上擰了一下，他轉身發現是哈克。

「可憐的傢伙，年紀輕輕的就死了！」有人說著。

「這可以給盜墓者一個教訓！」另一人插嘴。

湯姆環顧人群，看見印江‧喬不動聲色地站在其中，嚇得他心跳幾乎停止。

這時人群突然騷動起來，有人大聲叫喊：「就是他，莫夫‧波特！千萬別讓他跑了！」

莫夫‧波特被逮到了。他一臉憔悴，眼神充滿恐懼，來到死者身旁，忍不住全身劇烈顫抖，掩面痛哭了起來。

「各位，我沒有殺他！」他抽泣著，「我發誓，我絕對沒有做這件事。」

「這是不是你的刀？」警長問，他把那把刀亮在波特眼前。

波特近乎絕望地跌坐在地上，恍惚地說：「我就是有種感覺，要是不回來拿……」他無助地看著人群，直到看見印江‧喬時彷彿見到一線曙光，他大聲喊道：「印江‧喬，你快把真相告訴他們啊！」

湯姆和哈克一言不發地站在那兒，他們屏住氣息看著印江‧喬，等著他說話。印江‧喬面不改色，滔滔不絕地說出自己捏造的謊言。

他告訴大家，波特和魯賓遜醫生扭打在一起，然後波特將醫生殺了。兩個孩子簡直無法置信，目瞪口呆地看著波特被定罪。他們多麼想把事情真相說出來，卻又害怕印江‧喬報復。

回到家裡，湯姆茶飯不思，時刻想著那可怕的祕密，良心備受煎熬。

幾天後，希德向姨媽抱怨：「湯姆半夜一直在床上翻來覆去，還說夢話，吵得連我都沒睡好。」

姨媽一聽，憂心地問：「湯姆，你有什麼心事嗎？」

湯姆避重就輕地回答：「沒有，是之前那個恐怖的謀殺

案，害我晚上做惡夢啦。」

　　日子一天天過去，湯姆漸漸擺脫了內心深處的煩惱。因為，有一件新的重大事件轉移了他的注意：貝琪好幾天沒來上學了。湯姆內心掙扎了好久，他試著不去在意這件事，可是都沒有成功。最後他想盡辦法打聽到消息，原來是貝琪生病了，所以這幾天才沒來學校！

　　湯姆心裡很著急，心想萬一她死了怎麼辦！這個念頭讓他心煩意亂，對什麼都失去興趣，終日鬱鬱寡歡。

　　波莉姨媽很擔心湯姆的狀況，開始給他吃各種她道聽塗說來的「靈丹妙藥」，但是都不見效。有一天，她聽說一種解憂劑很有效，立刻買來讓湯姆天天喝上一湯匙。湯姆覺得心情不好的情況下，能得到姨媽的重視當然很好，但她缺少理智，花樣多得讓人吃不消。

　　他該想辦法阻止姨媽了。

　　於是湯姆絞盡腦汁，終於想出一個解脫的辦法：假裝喜歡吃解憂劑。為了不讓姨媽起疑，他每天主動向姨媽討取藥水，但其實他並沒有喝下肚，而是把那一湯匙的藥偷偷倒入地板縫裡。

　　這天，湯姆正打算往地縫倒藥時，姨媽養的黃貓跑了過來，眼睛直盯著小茶匙，喵喵叫著，似乎渴望能嚐一嚐。

　　「你想吃？真的想吃？」湯姆問，黃貓喵了一聲表示想吃的意願。

　　「你確定你真的想吃？」黃貓又喵了一聲表示確定。

　　「是你要吃，我才餵你吃喔，我可沒有任何惡作劇的念頭，你要是發現不喜歡，可別怨我，要怪就怪你自己。」說完，湯姆把那一湯匙解憂劑倒在地板上。

　　黃貓舔了一大口，突然彈跳起來發出一聲狂叫，滿屋子狂奔亂竄，興奮而狂亂，又是撞上家具，又是弄倒花盆，所

到之處盡是一片狼藉。

　　波莉姨媽進來時，正好看見黃貓從她面前凌空一躍，跳出窗戶，把窗臺上最後幾個完整的花盆踹到地上，一個個摔個粉碎。波莉姨媽被嚇得呆若木雞，湯姆則躺在地上笑得前仰後翻。

　　「一定又是你做的好事！你為什麼要餵貓吃藥？」

　　「我同情牠沒有姨媽呀！」

　　「這和你餵牠吃藥有什麼關係？」

　　「如果牠有姨媽，那肯定會完全不顧慮牠的感受，每天給牠灌藥，灌得燒壞牠的五臟六腑不可！」

　　波莉姨媽感到一陣難受，後悔不已，覺得很內疚。這對貓是殘忍的，那對孩子不也是殘忍的？她含著眼淚，輕輕撫摸著湯姆的頭說：「我這都是為你好。」

　　「姨媽，我知道你做的這些事情都為我好，我也是為了黃貓好啊！」

　　「夠了，湯姆！拜託你試著做個聽話的孩子，這樣你就不用再吃藥了。」

　　湯姆早早就來到學校，奇怪的是他最近每天都這樣。他沒有和同學一起玩耍，而是在校門口東張西望，裝出若無其事的樣子。其實他一直關注著走進校園的人，期待能看到貝琪出現。湯姆等啊、等啊，等得望眼欲穿。

　　今天，貝琪總算出現了。她穿著一件漂亮的洋裝。湯姆的心怦怦直跳，他馬上開始像印第安人一樣吶喊，甚至翻筋斗、倒立，所有能吸引目光的舉動都做了，但貝琪好像沒有看見他似的，完全不為所動。

　　於是湯姆喊得更賣力，「衝啊！衝啊！」邊喊邊衝，結果腳一滑，摔趴在貝琪面前，還聽到她輕蔑地說：「自以為神氣，愛現！」

　　湯姆一臉尷尬。他爬起來，像一顆洩了氣的皮球，垂頭喪氣地走開。他覺得自己一直努力不犯錯，力求表現，但人們偏偏看不上眼；既然如此，那就悉聽尊便吧！而且，像他這樣一個無親無故的人，本來就沒人愛，哪能怪誰呢？

　　正巧此時，他碰見喬・哈珀一臉委屈地迎面走來，抱怨自己被媽媽冤枉偷吃了乳酪，還挨了打。他覺得媽媽擺明就不愛他、討厭他，那他就離她遠遠的吧！於是，兩個好哥兒們商量後，決定到外面的世界流浪，一起去當海盜。

　　在聖彼得堡鎮下游三英里的地方，密西西比河寬約一英里，有一個狹長的無人島，叫做「傑克遜島」。島上林木繁茂，前方有片很淺的沙灘，離對岸不遠，而那塊河岸也是人跡罕至的茂林。他們決定流浪到這個島上，至於當海盜要做什麼還沒多想。接著，他們還找了哈克入夥，一起擬定了半夜出走的計畫。

　　半夜時分，「西班牙海上黑衣大盜」湯姆・索耶、「嗜血魔王」哈克・費恩，以及「海上霸王」喬・哈珀，帶著各自從家裡偷出來的食物，來到河邊會合。這些是湯姆從他喜歡的書裡挑中，給每個海盜夥伴的封號。

　　他們偷了一艘木筏，由湯姆指揮，哈克划右槳，喬划尾槳，威風凜凜地出發了。木筏逐漸遠離小鎮，湯姆最後再看一眼那給了他歡樂又帶來苦悶的地方。它在星光點點、波光粼粼的河岸，平靜而安詳，絲毫沒有受到驚擾。

　　來到島上，他們把食物從木筏上搬下來，找到一張被遺棄的帆布搭了一個帳篷。他們在一根倒伏於地的大樹幹旁生起火，心滿意足地圍著火堆，躺在草地上。

　　「這蠻快活的，對嗎？」喬說：「要是其他人能瞧見我們，他們會怎麼說？」

　　「哈，他們會羨慕得要命。」湯姆說：「在這不必一大

早起床，不必上學，也不必洗臉。你說對不對，哈克？」

「對啊！沒錯！」哈克說：「在這兒，也沒人會來欺負你。」

聊著聊著，夜深了，幾個孩子在火光中沉沉睡去，只是「良心」那傢伙盤踞心頭，讓他們隱隱約約覺得從家裡逃出來是個錯誤。

早晨，湯姆在清脆的鳥鳴聲中醒來，一時間以為自己還在家裡。他揉揉眼睛，向四周看了看，這才想起自己身在何處。湯姆搖醒兩位同伴，開心地跳進沙灘上那片清澈的水中互相追逐、玩鬧了一陣子。他們神清氣爽地返回營地，喬開始做早餐，湯姆和哈克拿了釣魚竿，到附近的河邊釣魚，轉眼間，幾條肥碩的鱸魚也上了餐桌。

吃完早餐，他們隨意在樹蔭下休息片刻，便踏上了森林探險之旅。茂盛的大樹上披垂著一根根葡萄藤，好像王冠上垂下來的流蘇；青翠的草地上點綴著珠寶般美麗的花朵，令人眼花撩亂；不過並沒有發現什麼稀奇有趣的玩意兒。

不知不覺，一天過去了。入夜後，森林籠罩著寂靜和孤獨感，湯姆和喬不知不覺都開始想家，可是他們誰也不好意思說出來。

這時候，遠處隱約傳來聲響，他們漸漸聽到一陣陣隆隆聲和喧鬧聲。他們趕到岸邊一看，河面上一艘渡船正順流而下，寬大的甲板上似乎擠滿了人。突然，有人點燃炮竹丟進河裡，爆炸發出「砰砰」的聲音，瞬間水花四濺。

湯姆突然明白了過來，那是鎮上的人找尋落水失蹤者的方法，他們認為這樣能讓溺斃河中的人浮出水面。

「大家是在找我們！他們以為我們淹死了！」湯姆回過頭大喊。

這幾個孩子瞬間覺得自己成了英雄。這是可喜可賀的勝

利，由此可見有人在尋找他們，哀悼他們，對他們的失蹤而感到自責。最重要的是，想到自己成了全鎮談論的焦點，讓其他孩子羨慕又忌妒，他們心裡就得意洋洋。

當夜幕低垂，鎮上人們一無所獲地回家了。回到營地的孩子，坐在那兒看火光，心不在焉。得意的想法過去後，他們不由自主地想起家人對這樣過火的玩笑，是絕對笑不出來的，心情一陣不安。喬羞澀地提出想要回家，卻被湯姆嘲笑了一番。

夜深人靜，哈克和喬早已鼾聲大作，湯姆卻輕輕地爬起來，找到幾片樹皮，用尖石寫了幾個字，留了一片在喬的帽子裡。然後他踮起腳尖，小心翼翼地穿越樹林，直到他認為別人已經聽不到腳步聲，立刻拔腿向沙灘飛奔而去。

湯姆偷偷回到了對岸。他飛快跑過幾條冷清的小巷，乘著夜色潛回波莉姨媽房裡，鑽到床底下藏起來。這時，湯姆發現屋裡坐著波莉姨媽、希德、瑪麗和哈珀太太。

「他不壞，他不過是淘氣罷了，冒冒失失的，就還是個毛頭孩子嘛。」波莉姨媽哭哭啼啼地說：「他可沒有一點壞心眼，他是那麼心地善良的孩子……」

哈珀太太也泣不成聲：「我不該不分青紅皂白就說喬偷吃乳酪，還打了他。我怎麼就不記得是乳酪酸了，我自己倒掉的！唉，這下子，我別想活著見到他了。」

湯姆聽得鼻子發酸，有點想掉淚。姨媽傷心的樣子深深地感動他，讓他有一股衝動想從床底下衝出來，讓她驚喜欲狂；再說，湯姆也十分喜歡製造些充滿戲劇性的場面。但這一次他卻沉住氣，沒有任何動靜。

接下來，湯姆從他們的聊天內容中聽出一些端倪：人們以為他們幾個出去玩的時候溺水，白天到河中找屍體也沒找著，所有希望都破滅了。於是大家決定禮拜天為他們舉行葬

禮。湯姆聽到這裡，渾身一陣簌簌亂抖。

　　喬的母親離開後，希德和瑪麗也各自回房了。波莉姨媽在床邊跪了下來，聲音顫抖著為湯姆祈禱，話語中充滿著愛意。雖然上床還是輾轉難眠，不時地發出長吁短嘆，許久才伴隨著淚水慢慢睡去。

　　湯姆這時才悄悄爬出來，從口袋裡掏出一片寫了字的樹皮，放在桌上。但他突然想到一個更有趣的主意，便又將樹皮悄悄放回口袋中。親了親熟睡的姨媽後，湯姆又不聲不響地離開。

　　回到營地時，天已大亮，湯姆聽見喬說：「湯姆是最守信用的，他會回來，他不會拋棄我們。他知道這樣做，對一個海盜來說是種恥辱，像湯姆這樣愛面子的人，是不會做出這種事情的。他一定是有事出去了。不過，湯姆究竟幹什麼去了呢？」

　　「看誰回來了！」湯姆喊了一聲，戲劇性十足地大步走了進來。

　　經過一夜折騰，湯姆感到飢腸轆轆。他狼吞虎嚥地吃了豐富的早餐，這才添油加醋地講述了一番這次回家的所見所聞：他們成了一群自命不凡的英雄。

　　然後湯姆就躲到一個陰涼幽靜的地方睡覺，一直睡到中午。午後，這幫「海盜」全體出動，在河岸四下尋覓，找到許多雪白的烏龜蛋，做了一頓美味可口的煎蛋。

　　轉眼，離家已經四天。三個孩子走在沙灘上打水仗，但沒多久就個個意興闌珊，不時眼巴巴地望向對岸的小鎮。湯姆發現自己不由自主地用腳趾頭在沙灘上寫了「貝琪」。他把字跡抹掉，對自己大為惱火，恨自己意志薄弱。喬情緒更是低落，他想家想得快哭了；哈克也悶悶不樂。

　　「喂，我說，夥伴們，就此罷手吧。我要回家，這實在

太寂寞了。」

喬終於忍不住，抬腿直接往竹筏方向走去；哈克隨即也跟了上去。

湯姆站在那裡，心裡激烈地交戰著，真想拋開自尊跟著他們走。他忽然覺得周圍如此冷清，如此寂寞。和自尊做最後一次較量後，他終於奔向兩個夥伴，一邊跑一邊喊：「等等！等等！我有話要跟你們講！」

喬和哈克起初還不情願，但最後還是停下腳步。他們聽了湯姆一番話後，不禁狂呼起來，連連讚嘆：「這個主意太妙了！」孩子們興高采烈地返回營地，雀躍不已，滔滔不絕地談論著湯姆那個出色的計畫。

午夜時分，空氣又悶又熱，似乎要變天了。幾個孩子醒了過來，不一會兒，天空突然劃過一道閃電，將黑夜照得亮如白晝。一股涼颼颼的風吹過來，搖得樹葉沙沙作響。幾個孩子嚇得緊緊抱成一團。雷聲轟隆作響，狂風夾著雨點，劈里啪啦地打在他們身上。

「快，大家快進帳篷！」湯姆喊道。

炫目的閃電一道接著一道，大雨傾盆而下。孩子們狼狽不堪地躲在帳篷下面，暴風雨越來越猛烈，「嘩啦」一聲捲走了帳篷，他們趕緊慌忙地再找地方避雨，三個人緊握彼此的手，連滾帶爬、滿身瘀傷地逃到一棵大橡樹下。

暴風雨達到高潮，它那無比的威力，彷彿要把小島撕成碎片、燃燒殆盡。這惡劣的天氣對這些無家可歸、餐風露宿的孩子們來說，這真是一個瘋狂的夜晚。

凌晨，風雨漸漸平息，大地又恢復了平靜。三個孩子回到營地，發現遮蔽他們的大樹已被閃電劈成兩半，很慶幸他們當時未在現場。三人全身濕透，渾身發冷。他們找到一點乾木頭，好不容易重新點燃營火，談起這場午夜驚奇，反正

也找不到乾地可睡覺，就這樣一直聊到天亮。

　　太陽漸漸升起，照耀在孩子們的身上。經過一夜的驚險和折騰，個個筋疲力盡，全身僵硬。吃完早餐後，他們感到心情煩躁，於是又開始想家了。

第四章　湯姆的葬禮

　　這個禮拜六下午，鎮上如往日一般寧靜，可是氣氛卻異常沉重。哈珀太太和波莉姨媽兩家人沉浸在悲傷之中，哀泣聲不斷傳來。人們工作時心不在焉，很少說話，只是長吁短嘆個不停。週六似乎也成了孩子們的負擔，玩樂時總提不起精神，到後來乾脆不玩了。

　　那天下午，貝琪在空蕩蕩的學校裡表情悶悶不樂地走來走去，一邊走一邊喃喃自語：「哦，我要是收下湯姆那支銅把手就好了！現在我連一件可以紀念他的東西都沒有！」她強忍著淚水，懊悔不已。

　　過了一會兒，她停住腳步，「就是在這裡。哦！如果再給我一次機會，我絕不會像上次那樣。無論如何，我絕不會在湯姆面前說那些話。可是現在他死了，我永遠不可能再見到他了。」貝琪越想越傷心，落寞地轉身離開。

　　沒多久，其他同學也三五成群來到校園，七嘴八舌地談論起湯姆和喬。他們一個個爭先恐後地說自己是湯姆和喬最要好的朋友，一副無比光榮的樣子述說著兩個「死去的」孩子曾經跟他們說過的話和做過的事。

　　第二天上午，當主日學的課程結束時，教堂一反常態敲響了喪鐘，鐘聲緩慢而莊嚴。人們聽見哀悼的鐘聲，陸陸續續聚集在教堂門口，輕聲談論著這起不幸的事件。步入教堂後，所有人即刻靜默不語，整個空間裡只有腳步聲和衣裙的窸窣聲。教堂裡座無虛席，是前所未見的景象。

　　不久，在等待的靜默中，波莉姨媽帶著希德和瑪麗，後面跟著哈珀夫婦，一行人穿著黑色的喪服，面容哀戚地走了進來。人們恭敬地站起身，直到喪家在前排座位入座，大家才又坐下。

所有人低頭默哀，偶爾夾雜著一陣啜泣聲。接著牧師做了一段禱告，全體一起吟唱讚美詩歌，並朗讀經文：「復活在我，生命在我……」

　　進行到追思儀式，牧師以低沉的聲音讚頌著幾位失蹤少年的美德，回憶著他們高尚美好的往事，讓人忘卻了他們曾經的調皮搗蛋，只記得他們天真大方的模樣。一個個令人感傷的故事讓人潸然落淚，連牧師也不禁溼了眼眶。

　　就在此時，教堂的門「嘎吱」一聲被推開了。牧師拿開拭淚的手帕，定睛一看，頓時驚得愣住！在場的所有人也不約而同站了起來，睜大眼睛看著三個「死去的」男孩沿著走道大步走上前來。走在最前面的是湯姆，後面跟著喬，最後是衣衫襤褸的哈克。

　　波莉姨媽、瑪麗和哈珀夫婦馬上撲向兩個「復活的」孩子，激動得抱著他們左親右吻。哈克孤單地站在一旁，窘迫不安，正打算溜走，湯姆卻抓住他的手，大聲說道：「波莉姨媽，你們難道忘了哈克嗎？」

　　「當然記得，我們很高興看到他回來，哈克，可憐的孩子！」波莉姨媽親切地將哈克一把摟了過來。這突如其來的關懷，反倒使哈克變得更加不自在。

　　忽然牧師放聲高唱：「讚美上帝，保佑眾生！」人們也熱情地大聲唱起頌歌，歌聲響徹教堂上空，感謝上帝將孩子們帶回他們身邊。「海盜」湯姆・索耶看著四周投以羨慕眼光的孩子們，心裡感到無比得意。

　　那天，湯姆從波莉姨媽那裡得到的親吻次數，比以前一年加起來都還要多，他實在搞不清楚究竟哪些是對上帝的感激，哪些又是姨媽對自己的關愛。

　　原來，這就是湯姆的祕密計畫：和他的「海盜弟兄」一同回家參加自己的葬禮。

　　禮拜六傍晚，他們一起橫渡密西西比河，在小鎮下游上岸，並在郊外的森林裡睡了一覺。醒來時天已微亮，他們悄悄穿越小巷，溜進教堂二樓，就在那裡又接著睡，一覺睡到天色大亮。

　　禮拜一早餐時間，波莉姨媽和瑪麗對湯姆格外親切，他要什麼都滿足他，說話也比平時還要熱絡。談話中，波莉姨媽說：「湯姆，你們這個玩笑開得實在太大了，你們幾個為了自己開心，讓大家活活受了一個禮拜的罪。你不該這麼狠心，讓我跟著一起受苦。這禮拜我天天哭，還以為你遭遇了什麼不測。」

　　姨媽接著說：「既然你們能回來參加自己的葬禮，那你也該早一些回來告訴我，讓我知道你只是離家出走，並沒有出事啊！」

　　瑪麗在一旁說：「就是嘛！湯姆，如果你有想到，一定會這麼做，對吧？」

　　波莉姨媽滿臉期待地問道：「會嗎？湯姆。假如你有想到，會回來告訴我嗎？」

　　湯姆支支吾吾地說：「可是回來告訴你們，就會壞了我們的大事。」

　　聽到這樣的回答，波莉姨媽有些失落，「湯姆，我原本以為你會把我放在心上。如果你非常愛我，一定會想到回來告訴我你並沒有死的消息，就算你最後沒有這麼做，但是只要你曾經想到過，我就心滿意足了。」

　　「可是姨媽，我真的很愛你，在島上的每個夜晚我都會夢見你。」湯姆於是把他偷偷溜回家時看到的情景，描述成一場夢來安慰姨媽。

　　波莉姨媽愈聽愈感到驚奇，最後瞪大眼睛說：「的確如此！湯姆，你說的每件事都真的發生過！那後來呢？」

「後來，你哭著上床睡覺，我非常難過，就拿了一塊梧桐樹皮，在上面寫了『我並沒有死，我們只是去玩海盜遊戲了』，然後將它放在蠟燭旁邊。當時你躺在床上睡著了，我夢見我走過去，彎下腰，親了你一下。」

波莉姨媽的眼睛紅了，她抹著淚珠，將湯姆一把摟在懷裡，不停地說：「這孩子！你若真的有這麼做，以後不管你做錯什麼，我都會原諒你！」

「這只是一個夢罷了。」希德提醒道。

「不是的，一個人日有所思，才會夜有所夢！我相信湯姆！」波莉姨媽欣慰地說。而且等孩子們都出門上學後，她立刻跑去告訴喬的媽媽這場奇妙的夢。

湯姆現在可神氣了，他成了英雄。他不再活蹦亂跳，而是威風凜凜地走在路上，一副受人注目的大海盜模樣。學校裡，年紀較小的男孩們成群結隊地跟在他身後，覺得可以跟他走在一起是無比的光榮；同齡的男孩們表面上假裝沒事的樣子，但其實心裡都羨慕得要命。

從那一雙雙仰慕的眼神，看得出湯姆和喬幾乎被捧上天了，也讓他倆變得高傲自大。

他們經常向那些如飢似渴的聽眾講起那段冒險故事，可是往往只有開頭，沒有結尾。因為他們太富想像力，不時地添油加醋，故事哪能說得完呢？

湯姆暗想，就算沒有貝琪，自己也可以過得很好。只要有榮耀，就等於擁有一切，他願意為榮耀而活。況且，現在他出名了，貝琪說不定會來找他「和解」。只不過那是她的事，湯姆已經不在乎了。

果然，貝琪湊過來了。湯姆裝作沒看見她，繼續自吹自擂。貝琪紅著臉在一旁跑來跑去，假裝和同學嬉戲追逐，抓到人就樂呵呵地大叫，視線卻有意無意地瞥向湯姆。

　　湯姆依舊視而不見，但其實他暗藏的虛榮心完全得到了滿足，這下他更覺得自己是個了不起的人物了，所以對貝琪更是不動聲色，視若無睹。

　　過了一會兒，貝琪不再和同學們嬉鬧，反而焦躁不安地走來走去，嘆了一、兩口氣，再偷偷望向湯姆。當她看到湯姆旁若無人地和艾咪‧勞倫斯說話時，內心感到一陣刺痛。她想離開，雙腳卻不聽使喚，身不由己地走向一位非常靠近湯姆的女孩，藉故找了一些話題跟她聊天。

　　「嘿！週末要不要一起來野餐？」貝琪問。

　　「好啊！我真的可以去嗎？」女孩興高采烈地說。

　　「當然啦，我媽說，我想請誰就請誰。所有同學都可以來，無論男生女生。」貝琪說著，又偷偷瞄了湯姆一眼。可是湯姆似乎渾然不覺，依舊口沫橫飛地跟艾咪‧勞倫斯述說著無人島上那場驚心動魄的暴風雨。

　　就這樣，除了湯姆和艾咪以外，所有的孩子都興奮地向貝琪提出要求，並且得到了她的野餐邀請。湯姆卻冷冷地轉身帶著艾咪離開，邊走邊和艾咪繼續聊天。

　　貝琪看了氣得嘴唇發抖，眼眶泛淚。她強裝笑臉，不讓其他人看出異樣。可是野餐的事現在失去了意義，一切都變得黯然失色。

　　貝琪覺得自尊心受到極大的傷害，她找了一個沒人的地方，悶悶不樂地坐在那裡回想剛剛的情景。

　　直到上課鈴聲響，貝琪站起身來，臉上已經掛著一副復仇的表情。她要對湯姆還以顏色，等著瞧吧！

　　下課的時候，湯姆繼續和艾咪聊天，還得意洋洋地走來走去，想讓貝琪看見。結果卻發現，她舒舒服服地坐在教室後面的長凳上，和艾爾菲‧譚普一起看書。他們看得聚精會神，連頭都要靠在一起了。

湯姆得意的情緒消失殆盡。這時，他的心裡被妒忌燃燒得火熱。他大罵自己傻瓜，後悔自己對貝琪太冷淡，白白錯過與她和好的機會。凡是能罵自己的話，他都派上用場。他又急又氣，真想放聲大哭一場。

　　艾咪還在邊走邊快活地跟湯姆聊著，但是他一句話也聽不進去了，眼睛忍不住一次次地瞥向貝琪。看見那可恨的一幕，他氣得咬牙切齒。更讓他抓狂的是，貝琪根本沒有把他放在眼裡。其實貝琪早就發現湯姆，她知道這次較量自己贏了。看見現在輪到湯姆受罪，心裡十分高興。

　　午休時，湯姆受不了艾咪的糾纏，也不想再讓貝琪看笑話，便偷偷溜了回家。貝琪和艾爾菲繼續在教室裡看書，可是時間一分一秒過去，始終沒再看見湯姆。

　　貝琪的得意蒙上一層陰影，她不再感到沾沾自喜，隨之而來的是沉重的心情。她後悔自己做得太過分，再次傷了湯姆的心。

　　一旁的艾爾菲見她心不在焉，就不停地大聲說話吸引她的注意：「喂，你看這一頁真有趣！」

　　貝琪終於壓不住怒火，氣呼呼地說：「哼，別再來煩我了！我不喜歡這些東西！」說完，她突然大哭起來，然後起身轉頭就走。艾爾菲想安慰她，可是她卻說：「走開，別管我！我討厭你！」

　　可憐的艾爾菲不知道自己做錯了什麼，他失落地走回空蕩蕩的教室，感到既難受又惱火。不過，他很快就想通是怎麼一回事：原來他是貝琪對湯姆洩憤的工具。他一想到就怒火中燒。這時，看著湯姆桌上的課本，他突然興起一個壞念頭。他樂滋滋地把課本翻到下午上課要教的內容，往上面潑了一大片墨水！

　　這個舉動正好被窗外的貝琪看得一清二楚。她打算回家

把這事告訴湯姆，這樣他一定會感激她，然後兩人就能盡釋前嫌，重修舊好。可是走到半路，她又改變了主意。一想起湯姆在她邀請同學參加野餐時那副神氣樣，她心裡就感到陣陣刺痛、無地自容。於是，她決定看著湯姆被老師處罰。

中午，湯姆悶悶不樂地回到家。

姨媽一見到他，就怒氣沖沖地罵道：「湯姆，你真是個壞孩子！」

「姨媽，我做錯什麼了呀？」湯姆不解地問。

「哼，我來告訴你你做了什麼好事！你呀，讓我呆頭呆腦地跑到哈珀家，把你那個胡說八道的夢告訴喬的媽媽。結果她說，喬早就告訴她，那天晚上你回過家，我們說的話你全都聽見了！都是你，害我在他們面前出盡了洋相。唉！你從小就會說謊，長大後會變成什麼樣，我真不敢想像！」

湯姆沒想到會鬧到這種地步。他垂下頭，無言以對。他本以為早上耍的小聰明只是玩笑，創意十足，可現在看來這謊言既卑鄙又可恥。

「姨媽，我真希望自己沒做過這樣的事情，不過我沒想到……」

「是啊，孩子，你從來不會想到別人，你永遠只想著自己。你能想到趁著天黑，大老遠地溜回來看笑話，你也能想到編造一個夢把我騙得團團轉，就是沒想到要讓我知道你沒死。真的是太讓我傷心了！」

「姨媽，我知道錯了。我知道我做得不對，真的。其實那天晚上我回來，本來是想告訴你們我並沒有淹死，讓你放心；但是我最後還是忍住了。」

「湯姆啊！我是多麼想相信你的話啊！可是如果真像你所說的那樣，孩子，那你為什麼不告訴我呢？你知道當時我有多傷心嗎？」波莉姨媽說。

「姨媽，我真的有這樣想過。可是一聽到你們要給我們辦葬禮，我就想到我們可以躲在教堂後面，到葬禮那天再給你們一個驚喜。我捨不得放棄這個好玩的點子，所以什麼都沒說，最後悄悄地離開了。」

姨媽不敢相信地看著湯姆。湯姆繼續說：「唉，如果那天晚上我親你的時候，你有醒過來，那該有多好！」

姨媽緊繃的臉慢慢舒展開了，眼中綻放慈愛的溫情，問湯姆說：「你親了我，湯姆？」

「是啊。因為我愛你呀！當時看見你躺在床上傷心的樣子，我真的很難過。」

波莉姨媽眼中含淚，掩飾不住激動的心情，在他臉上親了一下，聲音顫抖地說：「乖孩子，你以後可不許再做這種事，知道嗎？好了，快回學校去吧。」

湯姆才一離開，波莉姨媽就立刻跑到衣櫥前，拿出湯姆失蹤時穿過的那件衣服。她猶豫了一會兒，站在那兒自言自語：「喔，我不敢看！可憐的孩子，我猜他說的是謊話。不過，我情願這不是謊言，我不想看。」她兩次伸手，兩次又把手縮了回來。最後，終於堅定了決心，往衣服口袋裡面一掏，果然有一片樹皮！

波莉姨媽拿起那片樹皮，看著上頭的字。這次湯姆沒騙她，他說的全是真的！她忍不住老淚縱橫地說：「這孩子就算犯了天大的錯，我也原諒他了。」

第五章　永不缺席的正義

　　波莉姨媽慈祥的態度讓湯姆的煩惱一掃而空，使他恢復了輕鬆愉快的心情。他在校門口遇到貝琪，便毫不猶豫地跑上前去，爽快地對她說：「貝琪，我為我上午那些事情向你道歉，真的很對不起。我不會再那樣了，我們和好吧！」

　　貝琪鄙視地瞄了湯姆一眼，冷淡地說：「湯姆‧索耶先生，請你別站在這裡，我再也不想理你了！」

　　說完，她驕傲地把頭一抬，轉身就走。湯姆都還沒反應過來，貝琪早已走遠。

　　湯姆非常氣憤，他找了個機會，假意在遊戲場與貝琪擦肩而過，罵了一句尖酸刻薄的話，而貝琪也不甘示弱地回敬了一句，這下子兩人澈底決裂。

　　原本貝琪還在猶豫要不要向湯姆揭穿艾爾菲‧譚普的陰謀，現在那一點猶豫也完全被湯姆的惡言惡語趕走了，她決定不告訴湯姆。她迫切地等待上課，盼著看湯姆因為弄髒的課本而被老師責罰。

　　可憐的貝琪還不知道自己即將大禍臨頭。他們的老師杜賓先生已屆中年，卻有一個沒有實踐的夢想。他最大的志向是成為醫生，可是因為家境貧窮，最後只能當一位鄉村學校的老師。

　　每天沒有課的時候，他就會從自己的書桌裡拿出一本神祕的書，孜孜不倦地鑽研，看完後就把書鎖在抽屜裡，再把鑰匙帶在身上。學生們都想看一眼那本書，卻苦無機會。至於書的內容，孩子們七嘴八舌，各有一套見解，但都無法得到證實。

　　貝琪走進教室，從老師的書桌前經過，發現抽屜的鎖上插著鑰匙。

這可是千載難逢的機會！於是她趁著四下無人，拿出那本書翻閱了一陣子。原來這是一本解剖學的書，裡面有很多精緻的彩色插圖。貝琪正看得入神，突然一個人影落在書本上。原來是湯姆從門口進來，看到書中那些插圖便好奇地湊過來瞧一眼。

　　貝琪連忙將書闔上，卻不小心把其中一張插圖撕成了兩半。情急之下，她迅速地把書塞進抽屜，再用鑰匙鎖好，然後懊惱地大哭了起來。

　　「湯姆‧索耶，你真卑鄙，不僅偷看別人，還偷窺人家正在看的東西。」

　　「我怎麼知道你在看什麼東西呢？」

　　「湯姆‧索耶，你應該感覺到羞愧。我知道你會去告密的，喔！這下我該怎麼辦才好呢？我會被老師處罰的，我可從沒被老師處罰過呀！」

　　眼看實在沒辦法，她氣得跺腳說：「你想告密就去告密吧！不過，你就要大禍臨頭了，你等著吧！可惡，可惡，真可惡！」然後就一邊哭，一邊跑出了教室。

　　湯姆愣了一會兒，不太明白貝琪的意思。

　　不過他知道，老師要是問誰撕破了他的書，肯定沒有人會承認。到時候他就會按照慣例，一個接著一個質問。當問到貝琪的時候，老師一定會看出異樣，因為女生的臉色總是很輕易就會洩漏心裡的祕密，看來貝琪這次在劫難逃了。

　　湯姆反覆琢磨，做出最後決定：「好，就讓她去提心吊膽吧！我就等著瞧，看她怎樣被老師處罰！」

　　上課鈴響，老師來了，學生們都坐在座位準備上課。湯姆看著貝琪苦惱的神情，完全不想同情她。可是，他心裡一點也沒有開心的感覺。

　　這時，湯姆發現自己課本上的墨水漬。當被老師檢查到

時，他矢口否認是自己弄髒的，可是無濟於事。在所有人眼裡，湯姆就是個調皮搗蛋的孩子，他弄髒課本根本是家常便飯。奇怪的是，貝琪並沒有因此而感到高興，反而在一旁暗暗著急，甚至忍不住想要告訴老師真相。可是一想到湯姆肯定會向老師揭發她撕破書的事情，她就默默地閉上了嘴。

　　湯姆被老師處罰後，回到自己的座位。儘管不記得什麼時候曾弄髒了課本，但他想可能是自己和同學們嬉鬧時不慎打翻了墨水瓶。

　　下課後，杜賓先生從抽屜裡取出了他那本珍貴的書。湯姆往貝琪那裡瞟了一眼。她就像被獵人追捕的兔子，當槍對著腦袋時，露出一副絕望無助的表情。這一刻，湯姆完全忘了他和貝琪之間的爭執，心頭焦急萬分，滿腦子只想著該怎麼拯救貝琪。

　　可是一切都太遲了，杜賓先生已經翻開了那本書！他站起來，神色凝重地盯著大家，那眼神令無辜者膽戰心驚，學生們全低下頭，教室裡一片寂靜。最後他大聲斥問：「誰把書撕破了？」

　　教室裡鴉雀無聲，靜得連一根針掉在地上都能聽見，所有的孩子都屏住了呼吸。杜賓先生盯著所有孩子們的臉，想要找出凶手，開始一個一個點名：

　　「貝恩・羅傑，是你撕的嗎？」貝恩矢口否認。

　　「喬・哈珀，是你撕的嗎？」喬也沒承認。

　　杜賓先生嚴肅地問了幾個男孩，都沒人承認。突然，他身子一轉，走到女孩子的座位旁。

　　「艾咪・勞倫斯，是你嗎？」艾咪搖搖頭。

　　「格雷西・米勒，是你嗎？」米勒同樣否認。

　　下一個就輪到貝琪了。湯姆注視著她的表情，忍不住替她感到緊張。

杜賓先生看著貝琪問：「貝琪‧柴契爾，是不是你撕破的？」貝琪嚇得臉色慘白，低著頭不敢看老師。

這時，湯姆毅然決然從座位上站起身來，大聲地對老師說：「是我撕破的！」

全班同學驚訝地看著湯姆，覺得他真是夠蠢的！湯姆毫不猶豫地走上講臺，準備接受懲罰。貝琪投射過來的目光充滿了驚訝、感激和崇拜，這讓他覺得即使為了貝琪挨一百下鞭子，也無怨無悔。

貝琪覺得既羞愧又感激，放學時就把墨水的事情告訴了湯姆。湯姆雖然想對艾爾菲‧譚普還以顏色，但是此刻心頭甜滋滋的感覺更勝於一切。直到晚上入睡前，他耳邊還不停迴盪著貝琪說的那句話：「湯姆，你實在是太偉大了！」

天氣一天天熱起來，春天已經過去，夏天即將到來。學校快要放暑假了，所有學生都在期待這一天的到來。

為了讓孩子們在放假前的大考好好表現，校長比平常更加嚴厲、更加苛刻，幾乎天天拿著戒尺在教室裡巡視，只要誰表現不好就當場懲罰，害大家整天戰戰兢兢，苦不堪言。於是，大夥開始聯合起來密謀了一個「復仇計畫」。

他們得知幾天後校長的太太會去鄉下探訪親戚，時機正好。而且校長有個習慣：每逢重大日子前，就跟朋友喝得酩酊大醉。於是他們就在大考前夕，等到校長喝醉之後，趁機「痛下毒手」。

大考的日子終於到來了。晚上八點鐘，學校禮堂燈火通明，花團錦簇。校長坐在高高的椅子上。他的後面是一塊黑板，前面則有六排長凳，上面坐著鎮上有頭有臉的人物；兩邊又各有三排長凳，坐的是學生家長。

左前方，家長座位後面臨時搭起了一個大講臺，參加考試的考生全都坐在這裡：一排排的小男孩被家長打扮得相當

浮誇，穿得正經八百，看著都覺得彆扭；接著是一排排的大男孩，個個顯得靦腆又呆板；再看那些小女孩和大女孩，一身潔白的細麻軟布盛裝，頭上戴著各式的飾品，顯得侷促又不安。沒有考試的學生就散坐在其他位置。

　　一連串的考試終於開始了。首先，一個小男孩上臺朗誦了一段課文，他刻意做出的手勢動作生硬，活像個失靈的機器人，最後居然過關了。

　　接下來上臺的是一個羞澀的小女孩，她口齒不清地唸了一首兒歌，還行了一個可愛的屈膝禮，贏得不少掌聲。後面再上臺的是一位纖瘦的大女孩，她讀的是一首詩歌：〈密蘇里少女告別阿拉巴馬〉。

　　輪到湯姆了。他自信滿滿地走上臺，開始背誦起一篇知名的「不自由，毋寧死」演講稿。他背誦得氣勢磅礴，還不時慷慨激昂地做幾個手勢。可是背到中間時，他卻突然忘詞了！他的雙腿開始不停顫抖，整個人幾乎喘不過氣來。

　　大家默默等待著，但湯姆怎麼也想不起後面的內容。他掙扎了一會兒，最後只能垂頭喪氣地退下場。掌聲只輕微地響了一兩下，就沒有了。

　　這時，校長帶著幾分醉意，有點搖晃地站了起來。他背對著觀眾，開始在黑板上畫起美國地圖來，準備進行地理測驗。可是他的手不停顫抖，把地圖畫得不像樣，臺下的人們忍俊不住，開始小聲笑了起來。校長千方百計地補救，卻越畫越糟糕。他感覺所有人的目光都聚焦在他身上，人們的笑聲愈來愈毫不掩飾。

　　原來，校長頭頂上方的閣樓天窗被打開了，窗子裡垂下一條繩子，繩子上綁著一隻貓，貓的腰被繫在繩子上。繩子從上面悄悄地垂降下來，貓在半空中難受地扭動著身體，一會兒翻身踢腿，一會兒往上扭動，一會兒往下亂抓。

貓慢慢被垂降到離校長的腦袋非常近的地方，接著再一點一點地下降。拚命在空中揮舞的爪子，突然抓起了校長的假髮。然後才一眨眼的工夫，貓已經被拉回閣樓的天窗，爪子上還緊抱著假髮。

　　校長的腦袋瓜金光燦燦，原來孩子們早已在他的禿頭上塗了一層金色油漆！臺下爆出哄然大笑，簡直要把整座禮堂都給掀翻了。

　　暑假來臨了，孩子們不必到學校上課，終於可以盡情地玩耍。可是天氣越來越熱了，人們一個個無精打采。沒過幾天，貝琪和父母一起去外地度假了。湯姆大玩特玩了好幾天後，也漸漸失去了玩鬧的興致。

　　這時候，有關那起可怕謀殺案的祕密，就像顆不定時炸彈，在湯姆心裡蠢蠢欲動，隨時都有可能爆發。

　　不久，法庭決定開庭審理那起謀殺案。這件事立刻成了全鎮談論的焦點話題。湯姆內心一天比一天不安，那個祕密像錘子一樣天天敲打著他，彷彿在逼迫他說出真相。他只要聽見別人提起這件事，心中便會感到一陣寒慄。

　　有一天，湯姆把哈克拉到一個隱蔽的地方，再三向哈克確定他沒有把祕密告訴別人，而且兩人又發了一次誓，湯姆覺得心裡踏實多了。

　　停了一會兒，湯姆問：「哈克，你有聽到大家都在談什麼嗎？」

　　「他們整天都在談莫夫・波特的謀殺案，沒完沒了，讓人直冒冷汗，只想找個地方躲藏起來。」哈克苦惱地說。

　　「我也有同感。你是不是有時候也為他感到難過？」

　　「是啊。那傢伙是個好人，從來沒做過什麼傷天害理的事情。有一次，我釣的魚不夠兩個人分，他就分了半條魚給我。當我手氣不佳釣不到魚時，他也會熱心地幫助我。」

「他還幫我修理過風箏。我希望我們能救出他。」湯姆認真地說道。

「哎呀，湯姆！我們沒辦法救他。就算救出來，他也會再被抓回去的。」

「是呀，大家會再把他抓回去。可是，我討厭聽到他們罵他是魔鬼，其實他根本沒犯什麼滔天大罪。」

「我也一樣，湯姆。老天爺，我聽到他們罵他是全國最惡劣的壞蛋，還埋怨他為什麼之前沒被吊死呢！」

「對，他們一直都是這麼罵的。我還聽人說，要是他被放出來，他們就會偷偷處理掉他。」

「我想他們真的會那麼做。」

兩個男孩談了很長一段時間，卻怎麼也想不出周全的辦法，於是只好像往常一樣，帶著一些菸草和火柴到莫夫·波特被關的監獄給他。

莫夫·波特非常感激這兩個孩子帶東西來探望他。他隔著狹小的窗欄對他們說：「孩子們，你們對我太好了。我不會忘記你們的。我常常在想，過去我經常替所有的孩子修風箏，還教他們釣魚。可是現在我有麻煩纏身，他們就把我忘了。可是你們兩個沒忘。」

兩個孩子聽著這番話，覺得心如刀割。

莫夫·波特繼續說：「孩子們，我做了件可怕的事。當時我喝醉了，神志不清，什麼都不記得。現在，我將被判處死刑，我想這是應該的，這是對我最好的懲罰。」說罷，他握著兩個孩子的手，向他們表達最真誠的感謝和祝福。

湯姆回到家後，心裡感到十分難過，甚至一整晚做著噩夢。接下來的日子，他天天跑到法庭外探聽消息，心裡總有一股難以抗拒的衝動，想闖進去，可是他依然強迫自己留在外面。哈克也有相同的想法，不過他也強忍著沒有行動。

每當有人從法庭裡出來，湯姆都會豎起耳朵探聽他們議論，他甚至聽到一件悲慘的消息：印江‧喬的證詞很肯定又無可疑之處，人們都相信波特就是凶手。過幾天，法庭就要宣判了，陪審團將會做出怎樣的判決，已經可想而知。

　　法庭審判的前夕，湯姆在外面逗留到很晚，才偷偷從窗戶爬進房間。他心神不寧地躺在床上翻來覆去，直到半夜才睡著。

　　第二天早晨，全鎮的男女老少都擠進法院，等待法官作出判決。人們等了很久，陪審團才依序進場就坐。

　　沒過多久，莫夫‧波特戴著沉重的鐐銬被押了進來。他臉色蒼白，一直低著頭。印江‧喬作為證人，始終坐在顯眼的地方。最後，法官就位，案件審理正式開始。

　　一位又一位的證人陸續上前，輪流說明謀殺案之後，他們在各處看見莫夫‧波特出沒的情形。

　　每當檢察官結束他的質詢，輪到波特的律師檢視證人們的說詞時，他都沒有對證人做出任何盤問。旁聽的人們覺得很奇怪，開始議論紛紛。

　　最後一位證人退席之後，檢察官說：「我們已經完全可以認定，這個令人髮指的罪行是莫夫‧波特所為。至此，我方陳述完畢。」

　　可憐的波特發出一聲哀號，捂住臉開始抽泣。大家都認為波特已經沒救了，但就在這時，波特的律師緩慢地站起身來，說道：「現在我請求讓一位證人出席。」

　　法庭裡，每個人臉上都充滿了困惑，連莫夫‧波特也搞不懂到底怎麼回事。當湯姆走上證人席的時候，所有人都驚呆了。難道這個小男孩會說出重要的線索？又或者他可能和那起可怕的命案有什麼關聯？

　　波特的辯護律師開始發問：「湯姆‧索耶，六月十七日

午夜，你人在哪裡？」

　　湯姆看了一眼印江‧喬，嚇得舌頭都打結了。他努力讓自己不看印江‧喬那張冷酷無情的臉，然後怯怯地說：「我在墓地！」

　　在律師的提問下，湯姆把那晚的細節一點一點地說了出來，包括他為什麼到了墓地，藏在什麼地方，看見怎樣的情景，以及那讓他心驚膽戰的一幕。湯姆漸漸克服了恐懼，愈說愈流暢。相反地，印江‧喬臉上的表情卻從開始的一派輕鬆，逐漸轉變為大驚失色。旁聽席上的人們被湯姆講述的離奇故事深深吸引，一個個張大嘴巴，大家都忘了時間，也忘了那個真正的殺人凶手仍在現場。

　　「就在魯賓遜醫生拿起墓碑打倒莫夫‧波特時，我看見印江‧喬拿著刀衝過來……」湯姆的話音未落，突然傳來玻璃碎裂的聲音。可惡的印江‧喬已經如閃電般跳出窗外，在所有人還沒反應過來之際逃走了。

　　湯姆又一次成了萬眾矚目的英雄，長輩們寵愛他，同伴們也崇拜他。因為鎮上的報紙將湯姆的事蹟大大地宣揚了一番，讓他的名聲遠播。除了湯姆之外，人們對於險些被當成殺人犯的莫夫‧波特也格外關切。他們同情他、安慰他，好像要把過去對他的凌辱都彌補回來似的。

　　湯姆白天的生活充滿著榮耀與讚美，讓他走在路上顯得神氣十足；可是到了晚上，他卻總是噩夢連連。每晚，他都會夢見印江‧喬那張冷酷殘忍的臉和殺氣騰騰的眼神。所以天黑以後，湯姆絕不會踏出家門一步。可憐的哈克心裡也一樣惶惶不安，日夜都擔心印江‧喬會找上自己。

　　法院貼出了緝拿印江‧喬的懸賞告示，於是全鎮的人開始行動起來，巡邏隊更是天天騎著馬四處巡邏。可是，那個真正的殺人犯彷彿人間蒸發一樣消失了。

湯姆和哈克成天擔心受怕，他們覺得只要印江‧喬一天不被逮捕歸案，他們就一天無法安心入眠。好在日子一天天過去，隨著不斷發生的新鮮事，湯姆和哈克心裡的恐懼也一點一點慢慢消失了。

第六章　臨門一腳

　　幾乎所有的男孩都會有這麼一段時期，十分嚮往探險尋寶。湯姆當然也不例外。有一天，這種衝動突然就湧上他的心頭。

　　那天湯姆正好遇見哈克，就把自己的想法告訴他。哈克欣然表示同意，拍手贊成：「好啊！那我們要去哪兒尋找寶藏呢？」

　　「噢，有好多地方都可以啊。」

　　「不會吧？難不成到處都有寶藏？」

　　「不，當然不是。寶藏通常會被埋在一些相當特殊的地方，有的埋在小島上，有的埋在枯樹底下——午夜時樹影落下的地方。不過，在大多數情況，寶藏通常會是被埋在鬧鬼的房子下面。」

　　「誰會把寶藏埋著不用啊？」哈克問。

　　「當然是強盜啦！」

　　「埋了之後他們就不會想再把寶藏拿回去嗎？」

　　「不，他們想再拿回去。可是，大多數強盜不是忘記當初留下的記號，就是死了。總之，寶藏往往就那樣埋著，直到很久以後，人們才又從藏寶圖上找到一些線索，揭開寶藏的祕密。」

　　「那麼，你打算怎麼去找那些線索呢？」

　　「不需要什麼線索。我們不是去過傑克遜島嗎？改天我們再去那裡找找。那間酒廠附近，有座鬧鬼的老房子，還有好幾棵枯樹，這些地方都可能埋了寶藏。」

　　於是，他們很快就找來一把十字鎬和一把大鐵鍬，出發尋寶了。兩個孩子一路小跑，等他們來到酒廠附近的枯樹林時，已經大汗淋漓、滿臉通紅。

他們休息了一下，便拿起工具開始挖了起來。

「喂，哈克，要是找到寶藏，你打算怎麼花用呢？」

「天天吃餡餅、喝汽水、看馬戲，我打算要好好享受一番。你呢？」

「我打算買一把貨真價實的寶劍，還要娶個老婆。」

「娶老婆！誰啊？」

「以後再告訴你。快動手挖吧！」

他們挖了將近半個小時，一無所獲。於是，兩人決定換個地方繼續挖，結果還是希望落空。為什麼會這樣呢？

突然，湯姆驚呼：「啊，我知道是怎麼回事了！我們真是兩個大傻瓜。我們得在半夜的時候過來，看樹影子落在什麼地方，然後從那裡開挖才行！」

他們討論了一下，約定今晚再溜出來，到這裡碰頭。

當晚，兩人依約前來，挖掘了一段時間，卻還是毫無斬獲。經過一番激烈的爭論，他們決定再到那間「鬧鬼」的房子試試手氣。

「我們白天去。那些妖魔鬼怪只在夜間出沒，不會有事的。」湯姆說。

「唉，好吧。既然你這麼說，我們就去探一探吧！」

這時候，他們已經動身往回走。一眼望去，那間鬼屋孤零零地矗立在月光底下，四周的柵欄早已腐朽不堪。野草蔓生的臺階、傾坍的煙囪、塌陷的屋角和空空蕩蕩的窗框，一切顯得陰森而恐怖。他倆緊緊抓著彼此的手，忐忑不安，似乎看見有些藍光在窗戶那兒飄來蕩去。

第二天中午，兩個孩子來到約定的地方拿工具，湯姆急著想去鬼屋一探究竟，顯然，哈克也有一樣的心情。

哈克卻突然想起什麼，說道：「湯姆，我想起來了。今天是禮拜五啊！」

「真該死，我竟然忘了。大人常說禮拜五是不吉利的日子。我們在這個日子做這種事情，可能會自找麻煩。」

「那我們換個日子吧！」哈克建議。

「好吧，今天就算了。我們來玩吧！哈克，你知道羅賓漢嗎？」

「不知道。他是誰？」

「嘿，這你都不知道。羅賓漢是個強盜，可是他只搶劫富人，絕不騷擾窮人，而且還跟他們平分搶來的東西。」

湯姆繪聲繪影地說起俠盜羅賓漢劫富濟貧的故事，哈克聚精會神聽著。眼睛裡透露著崇拜與嚮往的神采。然後，他們玩了整整一個下午的羅賓漢角色扮演，玩的過程中仍時不時地朝鬼屋看上一、兩眼，想像著明天尋寶的情形。太陽西沉，他們才伴著長長的樹影，踏上回家的路。

星期六中午過後，兩人又來到枯死的老樹旁，在先前挖掘的地方又挖了一次，依舊沒挖到任何東西。當然這樣做並不是抱有多大的希望，只是因為湯姆說有很多人往往只差六寸就能挖到寶藏，結果還是讓別的人一鍬給挖走了。

不過，這一次他倆沒那麼幸運。於是他們就扛起工具往鬼屋走了。

鬼屋裡安靜得連心跳聲都清晰可聞，他們努力壓低聲音說話，同時豎起耳朵警覺地傾聽，連最細微的聲音也不敢放過。他們繃緊渾身的肌肉，準備一發現苗頭不對，立刻拔腿撤退。經過一段時間的摸索，他們漸漸適應屋內的光線和地形，開始小心翼翼地四處查看起來。

屋子有兩層樓，他們把工具放在角落，扶著幾乎要倒塌的扶手，緩慢地走上樓梯。他們走得小心翼翼，因為每踩一步，腳下的木製階梯就會發出嘎吱響，在空蕩蕩的屋裡顯得格外刺耳。

二樓看起來和一樓同樣殘破，房裡積滿厚厚的灰塵和蜘蛛網。他們在角落裡發現了一個壁櫥，打開一看，裡面什麼也沒有。兩人在樓上翻找了一陣子，仍是一無所獲。正當他們準備下樓時，湯姆的表情突然緊繃。

　　「噓！」湯姆小聲警告。

　　「怎麼啦？」哈克臉色發白，低聲問道。

　　「噓！那邊有聲音……你聽見了嗎？」

　　哈克的嘴唇微微顫抖，無聲地點了點頭。他倆趴到地板上，從破裂的木板縫往下偷看，內心非常恐懼。只見兩個長相彪悍的男人出現在門口，一邊說著話，一邊東張西望地走進屋內。他們認出了其中一個人，那是個又聾又啞的西班牙老頭，他不久前曾在鎮上露過一、兩次臉；另一個則是他們沒見過的陌生人。那西班牙老頭披著一條披肩，留著一臉濃密的白鬍鬚，闊邊帽底下竄出長長的白髮，臉上還戴著一副綠色的擋風鏡。那陌生人則是蓬頭垢面、衣衫襤褸，眉頭深鎖。

　　他們坐在地上，面對著門口，背靠著牆，兩個人好像在爭論著什麼。

　　「我不想這麼做，我仔細想過了，這事太危險了。」那陌生人說。

　　「膽小鬼！」西班牙人怒斥。

　　兩個孩子嚇得渾身顫抖，那是印江‧喬的聲音！

　　「我們上次做的那件事才危險，結果不也沒事嗎？」印江‧喬又說。

　　「那不一樣。那次我們是在河上，距離又遠，附近一處人家也沒有，所以不管我們試了多久，也不會有人知道。再說了，大白天的待在這鬼屋裡，任何人見了都會對我們起疑的。」那陌生人反駁道。

「可是做了那件事之後，沒有什麼地方會比這裡更安全了。我也不想待在這棟破房子裡。昨天我就想離開了，只是那兩個討人厭的孩子就在山上玩。我們做什麼事他們都非常清楚，所以我才沒走。」

湯姆和哈克恍然大悟，原來印江・喬所說的那兩個「討人厭的孩子」就是他們兩個。幸虧昨天他們沒有來這裡，不然真不敢想像會發生什麼事。想到這裡，他們不禁渾身一陣顫抖。

樓下那兩個人拿出食物，大口吃了起來。印江・喬沉思許久，最後開口說道：「你先回到河上去吧！我會再去鎮上看看，等到時機成熟時，我們再一起完成那件事。等成功之後，我們就出發去德州！」

對於這個安排陌生男人沒有意見。

吃飽喝足，印江・喬蜷著身子躺在草上，打起鼾來。另外那個人在門口負責把風，但沒多久也忍不住打起瞌睡，頭越垂越低。

兩個孩子總算鬆了一口氣，他們稍微活動了下自己痠麻的手腳。

湯姆低聲說：「我們的機會來了，快走！」

哈克搖搖頭：「我不走……要是他們醒過來，我們就死定了。」

湯姆不停地勸他，但哈克還是裹足不前。最後湯姆只好慢慢站起身，準備一個人離開。可是他才跨出一步，破舊不堪的地板就發出嘎吱的聲響，嚇得他連忙又趴了下去，不敢再挪動。兩個孩子手腳發麻地趴在那裡，感覺度日如年。

太陽漸漸西沉，印江・喬首先醒來，環顧四周後，他用腳把夥伴踢醒，「你怎麼睡著了？還好沒發生什麼事。我們該離開了！不過，偷來的錢要怎麼辦？」

「和以前一樣，放在這裡。六百個金幣帶在身上太顯眼了。」他的夥伴說。

「好吧，我們下次再來拿。」

「對，找個晚上再過來！」

「不過，那件事不好辦，可能要花點時間。這地方也不保證安全，我看還是先把金幣埋起來。埋得深一點。」

夥伴點點頭，走到屋子的另一邊，抬起廢棄的爐子，移開一塊石頭，拎出一個叮噹響的布袋。他從布袋裡面倒出了二、三十塊自己留著，又拿了一樣的數量給印江‧喬，然後把布袋子遞給他。印江‧喬正跪在角落，拿著一把獵刀在地上挖了起來。

剛才還覺得自己倒楣透頂的兩個孩子，這下把所有恐懼都拋到九霄雲外了。六百個金幣可不是小數目，他們可以分給自己的小夥伴，讓大家都發筆小財。

兩個小男孩興奮極了，他們完全不用煩惱該去哪裡尋寶了。他們把臉緊緊地貼著木板，透過縫隙，仔細地注視著樓下的每一個動作。

這時，印江‧喬的獵刀突然敲到了一個堅硬的東西。

「那是什麼？」他的夥伴問。

「一個腐爛的木頭，不，我想這是一個木箱。」他又快速挖了幾下，「好，箱子被挖出一個洞了！」

他把手伸進木箱洞口，他們都聽見裡頭發出了嘩嘩的響聲。他把手抽回來，手裡抓著一把黃澄澄的金幣。兩個男人對視一眼，臉上又驚又喜。

「我們得趕緊挖出來！」印江‧喬的夥伴巡視四周，從角落裡拿出湯姆和哈克帶來的鎬子和鐵鍬，動手挖起來。

沒過多久，他們從洞裡搬出一個被鐵皮包著的箱子。若不是在土裡被埋了很久，這個箱子本來應該很堅固的。如今

被它藏起來的財寶又重現在世人面前。

兩孩子睜大眼睛：這些金幣看上去至少有一千塊錢！

「我聽說有幫派常在這附近活動。」

「我也聽說過，我看這八成就是他們的錢。」

「這樣你就不用做那件事了！」

「不！我計劃要做的那件事，目的不是為了搶劫，而是為了復仇！」印江‧喬語氣兇狠地說：「這件事你必須幫助我。等到事情結束，我們就去德州。」

「好吧！那麼這些錢要怎麼辦？再埋回去嗎？」

「好。」印江‧喬說。

樓上的湯姆和哈克一聽，相視而笑。

「不對，不能埋回去！」印江‧喬又改變主意，「剛才我們用的鎬子和鐵鍬是從哪來的？那把十字鎬上面還沾著新鮮的泥土！是誰把這些工具帶到這裡來的？那些人又到哪裡去了？不！我們得把錢帶走。」

「對，應該馬上把箱子搬走。要藏在『一號』嗎？」

「不，應該藏在『二號』，那個十字架下面。」

「好！天也快黑了，我們趕緊走吧！」

印江‧喬站起身來，仔細地四下探察，然後說：「你想他們會在樓上嗎？」

兩個孩子被嚇得大氣不敢喘。只見印江‧喬右手拿著刀子，朝樓梯這邊走來。湯姆和哈克想找個地方躲起來，卻發現自己手腳發軟，一點力氣都沒有。樓梯上吱吱嘎嘎不斷地發出聲響，腳步聲越來越逼近。情況萬分危急，他們幾乎就要跳起來，朝壁櫥跑去。

突然一聲巨響，印江‧喬從樓梯上跌了下去，摔在一堆腐朽斷裂的木板上。他生氣地邊罵邊爬了起來，拍拍身上的灰塵，扭頭走回夥伴身邊。

兩人收拾好那個箱子，藉著夜色遮掩，溜出房子，往河那邊去了。

　　湯姆和哈克站起身來，不知道該沮喪還是該高興。沒被那兩個傢伙發現，真是萬幸。但如果不是他們下午把鐵鍬和鎬子留在一樓，印江·喬根本不會起疑。他會把那箱金幣藏在那裡，等他完成「復仇」之後再來取回。只是到時候他就會發現，那批寶藏早已不翼而飛。

　　一路上，兩個孩子不停地埋怨自己沒把工具藏好，讓機會白白溜走。不過他們決定，只要發現印江·喬的身影，一定要緊緊地跟蹤他，直到找出他所謂的「二號」地點，管他上天入地都要跟去。突然，湯姆閃過一個念頭。

　　「復仇？他指的不會是我們吧？哈克。」

　　「不會吧！」哈克差點沒昏過去。

　　他們仔細談論了一番，得出初步的結論是：印江·喬的復仇應該是另有其人。不然，也肯定是指湯姆，因為只有湯姆在法庭上作證過。這件事讓湯姆感到極度不安，他想，如果有個同伴一起共患難應該多少會好一些。

第七章　印江・喬的威脅

　　那天晚上，湯姆一夜都沒有睡好，白天的歷險也進入夢中。夢裡，他挖出藏寶箱四次。可是醒來後，美夢消失，他面對的還是那不幸的嚴酷現實：藏寶箱化為烏有，他仍是兩手空空。一大早，他躺在那兒，回想著偉大的冒險經歷，覺得那些事件越來越模糊，越來越遠——有點像是在另一個世界裡發生的，或者是很久很久以前發生的事情。他開始懷疑這次大冒險該不會根本就是一場夢？

　　可是他越想，冒險的事情就越歷歷在目，這讓他又覺得這一切也許不是在做夢，是真實發生的事情。他一定要弄個水落石出！於是他三口兩口吃完早飯後就去找哈克。

　　哈克坐在一艘平底船邊緣，一雙細瘦的腿在水裡攪來攪去，看上去憂心忡忡。湯姆決定讓哈克先開口，要是他沒提到昨天的冒險，那就表示那只是一場夢。

　　哈克無精打采地看了眼湯姆，表情悶悶不樂地說：「湯姆，如果我們沒有把那些工具留在那裡，也許我們就能得到那筆錢了！」

　　「原來真的不是夢呀！」湯姆脫口而出。

　　「什麼不是夢呀？」

　　「噢，就是昨天那件事，我到剛才還在半信半疑，以為那只是一個夢。」

　　「什麼夢？我可是做了一整晚的噩夢，夢見印江・喬拿著刀追了我一夜！」哈克心有餘悸地說。

　　「我們去找他，把那些錢找出來！」湯姆說。

　　「算了吧！湯姆，我們找不到他的。發大財的機會本來就不多，這次機會我們已經錯過了。不過說真的，要是再讓我遇見他，我說不定會嚇暈過去。」哈克連連擺手說道。

「我也一樣。可是我一定要找到他。跟著他，到他說的那個『二號』去，把藏寶箱找出來！」湯姆堅定地說。

「二號，沒錯，我也一直在想這件事情，可是我完全摸不著頭緒。」

「我也是。根本猜不出那是什麼地方！哈克，你覺得會是門牌號碼之類的嗎？」湯姆努力猜想著。

「對耶！……喔，不，湯姆，那應該不是門牌號碼，我們這個小鎮，根本不需要什麼門牌號碼。」

「說的也是。讓我再想想……嗯，會不會有可能是房間號碼，比如，旅館的客房？」

「噢，你說的對！鎮上就只有兩家旅館，我們只要打聽一下，很快就會知道結果的。」

湯姆立刻去了兩家旅館。他打聽到其中一家旅館的二號客房，長久以來都住著一位年輕的律師；而另一家則住著一位神祕的房客，聽旅館老闆的兒子說，房間一直上著鎖，除了夜晚，他從來沒有看過任何人進出，他也不知道原因，只是覺得有點好奇。

「哈克，我想我們要找的就是這個神祕的二號房。」

「所以接下來該怎麼辦？」

湯姆想了一陣子，然後說：「那間二號房的後門通向一條小巷，就在旅館和破舊的老磚廠之間。我們先盡可能找到一些鑰匙，等天黑我們就拿鑰匙去試開門。另外，還要提防印江・喬，他說過他會回到鎮上找機會報仇。如果印江・喬出現，你就跟蹤他，一直到他藏身的地方為止。如果他沒回到旅館房間，那麼這個地方就不是他所說的『二號』。」

那天晚上，兩個孩子準備再冒一次險。他們在那家旅館附近蹓躂，直到九點以後才展開行動。一個遠遠地盯著那條小巷，另一個則牢牢監視著旅館大門。

巷子裡沒有人進出，出入旅館大門的人裡面也沒有誰長得像西班牙人。當晚夜色太過明亮，不利於行動，於是湯姆便先回家去。臨走前，他與哈克約定，等天色再暗一點，哈克要到湯姆家學貓叫，聽到哈克的聲音之後，湯姆就會偷溜出來，到時候他們再過來一起行動。但那天的夜空一直很明亮，哈克一直等到半夜，到後來他實在太睏，才鑽進一個大桶子裡，沉沉睡去。

禮拜二的夜空依然明亮，禮拜三也一樣，到了禮拜四的夜晚，天空才有些烏雲聚集。當天傍晚，湯姆和哈克眼看天色越來越暗，他們覺得時機已經成熟，是時候展開行動了。

這天夜晚，湯姆早早就溜了出來，他把波莉姨媽的舊玻璃提燈拿來，還在燈外裹上一層大毛巾。兩人在哈克睡過的空桶裡等到半夜，等到旅館的門關了、燈也熄了，四周寂靜無聲，一切都籠罩在漆黑的夜色中。沒有人出現在巷子或旅館，一切歸於平靜，只有遠處偶爾傳來一、兩聲雷鳴。

湯姆拿著提燈，在桶裡把它點亮，又用毛巾把燈給包起來，接著展開行動。他和哈克潛入夜色，朝旅館走去。哈克站在巷子外面等待，而湯姆摸黑走入巷子。

時間一分一秒流逝，哈克焦急地等待。他開始祈禱，盼望能快點見到提燈的亮光，因為這表示湯姆還活著。

突然，面前有燈光一閃而過，接著是湯姆的身影飛快衝了過來。

「快逃！」

還沒等湯姆重複再說，哈克已經像一枝離弦的箭，飛也似地逃了。兩人一路不停地跑，直到鎮外一個廢棄屠宰場的棚子附近，才停下腳步。他們跑進棚子的瞬間，天空正好下起滂沱大雨。

湯姆等呼吸平緩後，立刻對哈克說明事情經過：「簡直

太可怕了！我小心翼翼地試了兩把鑰匙，但動作再輕還是一直發出很大的聲響，我怕得都要停止呼吸了。突然，鑰匙卡住了，怎麼也轉不動。我抓住門把，結果房門竟然打開了！原來那扇門根本沒上鎖！我趕緊溜進房間，扯下包裹提燈的毛巾後……媽呀，我差點被嚇死！」

湯姆說到這裡，停頓了一下。哈克的手心直冒冷汗，大氣都不敢吐一口。

「湯姆，你究竟看見了什麼？」

「我差一點就踩到印江‧喬的手！」

哈克瞪大眼睛，驚訝地問：「真的嗎？」

「真的！他就躺在地上，睡得很熟。眼睛上還貼著一塊紗布。」

「天哪！然後你做了什麼？他醒來了嗎？」

「沒有，他動也不動。大概是喝醉了。我抓起毛巾，拔腿就往外跑。」

「你竟然還記得毛巾！如果是我，一定連毛巾都管不了了，直接往外跑。」

「那當然，忘了毛巾，姨媽絕對會處罰我的。」湯姆篤定地說。

「那麼，湯姆，你見到那個箱子了嗎？」

「我並沒看到那個箱子，也沒看見什麼十字架。除了印江‧喬和一地的酒瓶、酒杯外，好像什麼東西也沒有。」

「不過，既然他喝醉了，對我們來說，這倒是一個好機會，我們可以到那個房間去查看一下！」哈克說。

為了決定回去查探房間的人選，兩個孩子互相推託了半天，但誰也沒有膽量在確定印江‧喬人在房間之後，還跑進去做調查，於是他們只好暫時放棄這個計畫。

湯姆說：「我們就每晚守在這裡，等到印江‧喬出門的

時候，我們再去他房間裡找箱子，只要一找到就立刻把它拿走！」

　　他們決定讓哈克白天睡覺，晚上再到空桶裡守著，只要看見印江‧喬出門，哈克就會去湯姆家附近學幾聲貓叫，通知他過來。湯姆也答應沒事不會在白天找哈克，讓他能好好休息。事情決定之後，湯姆便回家去了。

　　禮拜五一早，湯姆得到一個非常令他振奮的消息：貝琪一家從外地度假回來了！一時之間，就連印江‧喬和寶藏的事情都變成次要的，貝琪已經占據湯姆全部心思。終於，他又見到貝琪了。這天，他們和一群同學一起玩捉迷藏和各種遊戲，玩得非常盡興。

　　離開時，湯姆又開心地得知：貝琪的母親同意第二天舉行野餐聚會，就是上次貝琪邀請過大家的聚會。這真是個天大的好消息。貝琪高興極了，湯姆也十分興奮。邀請的卡片像雪片一樣發到很多同學手上，大家都開始積極籌備，希望能讓聚會更精采有趣，有些人甚至激動得徹夜未眠。湯姆多麼希望那天晚上就能聽見哈克的貓叫聲，讓他能和哈克一起找到那袋金幣，在第二天的聚會上發給其他的孩子。可惜的是，他的希望落空了。

　　天終於亮了。接近中午的時候，貝琪家門口聚集了許多孩子，大家早已準備就緒，就等著出發了。這次聚會有幾位十八、九歲的大孩子參加，由他們來照顧這些年齡較小的孩子。家長都沒有參加，以免破壞孩子們玩樂的興致。

　　他們在河邊租了一艘渡輪，孩子們興高采烈地背著要吃的食物，浩浩蕩蕩地上了渡輪。貝琪的媽媽還告訴貝琪，如果聚會結束的時間太晚，可以就近先暫住在哈珀家，隔天再回家。

　　湯姆知道了，便纏著貝琪，讓她一起到卡迪夫山上的寡

婦家裡休息。貝琪猶豫了一下，還是答應了。寡婦的丈夫是鎮上的警官，可是前幾年病逝了。他們沒有孩子，所以，寡婦對鎮上的孩子都很好，常常請他們到家裡做客，準備各種美味佳餚招待他們。

「你媽媽不會知道我們沒在哈珀家過夜的，而且寡婦做的冰淇淋很好吃！」湯姆興致勃勃地說。

湯姆和貝琪約定不向任何人透露這個計劃。雖然湯姆有想過今晚哈克可能會來找他，可是能和貝琪相處一整晚的誘惑太大，他決定先不去想那件事。

快樂的渡輪在山谷一處樹木叢生的渡口停靠。孩子們蜂擁而下，茂密的叢林和陡峭的山崖間，瞬間迴盪著孩子們陣陣的笑聲和歡呼聲。

等到大家玩得滿頭大汗、筋疲力盡，成群結伴回到營地時，年齡較大的孩子已經為他們準備好了豐盛的午餐。孩子們狼吞虎嚥，所有的食物被一掃而空，然後就在樹蔭下悠閒地乘涼聊天。

有個孩子大聲提議：「誰想去山洞裡探險？」

「我去！」

「我也去！」

孩子們紛紛響應，一群人各自拿著蠟燭，蹦蹦跳跳地往山上前進。洞口就位在半山腰上，人字形的山洞外有一扇又重又大的橡木門。門並沒有上鎖，孩子們能輕易打開。

門一推開，冰涼空氣撲面而來，離門口最近的孩子大喊道：「裡面真涼快，我們趕快進去吧！」

一進山洞，裡面是一個像小房間一樣的石窟，冷得像冰庫。四周牆壁是天然石灰岩，上頭凝結的露水晶瑩剔透。站在幽暗的洞中往外看去，會看見綠油油的山谷在陽光底下閃亮，十分浪漫神祕。

　　這個山洞其實是一座龐大的迷宮，主通道寬不過八到十英尺，每隔幾步，兩旁就有另一條狹窄的通口分叉出去，大小通道龐雜交錯，不知通往何處。鎮上流行著一個傳說：有人走進這個山洞，在錯綜複雜的通道中鑽了一天一夜，也沒有找到出口。孩子們以前多少跟大人來這裡玩過，但他們只熟悉裡面靠近洞口的一小部分，誰也沒往深處走過。

　　大家點燃蠟燭，沿著主要的通道依序走進山洞。隊伍沿著主通道在洞裡行進四分之三英里後，通道開始分叉，孩子們分成好幾個小隊，在幾條陰森森的岔道上奔跑，找到機會就互相偷襲。

　　這樣開心地玩一段時間之後，孩子們才依依不捨地回到洞口。他們一個個氣喘吁吁，興高采烈，等看清楚同伴才發現，大家身上滴滿蠟油，裹滿泥巴。

　　痛痛快快地玩了一天，等他們抬起頭，才發現暮色已經降臨。渡輪在岸邊等待，大家雀躍地登船。一天結束，渡輪載著一群意猶未盡的乘客們返航了。

　　渡輪的燈光一搖一閃從碼頭邊經過時，哈克已經開始守夜。天空中雲朵漸漸聚集，天色越來越黑。

　　十點鐘，街上已經杳無人煙。到了十一點，旅館裡零星的燈火漸漸熄滅，整個小鎮漆黑一片，只留下哈克一人，孤單地與周圍的寧靜為伍。

　　哈克靜靜地等了很長一段時間，卻一點動靜也沒有。他心想，守在這裡真有用嗎？不如回去睡覺算了。

　　突然，一陣聲響打破寂靜的夜晚。哈克立刻警覺地睜開眼睛，豎起耳朵。旅館朝著巷子的那扇門輕輕被關上，緊接著兩個人影從他埋伏的空桶旁匆匆走過，其中一個人的手臂下似乎夾著什麼東西。

　　哈克心想：「那一定是金幣箱子，看來他們是要把寶藏

搬走。現在來不及去叫湯姆了，我一走他們肯定就溜了！我一定要緊跟著他們，才能找到他們放藏寶箱的地方！」

哈克光著腳走出桶子，利用黑夜的掩護，靜悄悄地跟在那兩個人後面，像隻貓一樣，小心地不發出任何聲音。那兩個黑影沿著街道，一直走向通往卡迪夫山的小徑。他們快速地走著，中途還經過了鐘斯老先生的家。

哈克想：「難道他們準備把東西埋在舊採石場裡？」

但他們只是路過採石場，並沒有停下腳步。相反地，他們鑽進了茂密的樹叢，瞬間消失在哈克的眼前。哈克心裡一著急，也顧不上自己的安危了。他快步走向前，跟隨黑影的腳步，鑽進了樹叢。

走著走著，哈克突然聽不到那兩個人的聲音了。他把腳步放慢，感覺整座山裡頭除了他的心跳聲，萬籟俱寂。哈克心想：「難道我跟丟了？」他抬腿想往前追，就在這時，離他不遠的地方突然傳來一聲輕輕的咳嗽聲！

哈克嚇得心跳加速，但他強迫自己冷靜下來，動動眼珠子觀察了一下四周，突然發現，這不是寡婦家附近嗎？難道他們要把東西埋在這裡？

這時有人說話了，「她家的燈還亮著。都這麼晚了，莫非有人跟她在一起？」那是印江‧喬的聲音。

「的確有人和她在一起，我們還是放棄吧！」他的夥伴說。聲音聽起來，應該是鬼屋裡的那個陌生人。

一陣恐懼的寒意襲上哈克的心頭，他恍然大悟：「原來這就是他們說的『復仇』！」一想到寶藏並沒有在這裡，而自己卻身陷險境，哈克第一個念頭就是逃跑。但是他又轉念一想，和善大方的寡婦經常請他吃東西，而這兩個人也許想要謀害她！他該怎麼辦？

印江‧喬又說話了：「今天我要是不報仇，以後恐怕沒

機會了！她那個當警官的丈夫，曾經把我當成無業遊民，丟進牢裡關起來！他仗勢欺人，然後就這麼死了。今天，我要向他老婆討回公道！完成這個復仇計畫，我們就帶上那筆錢遠走高飛，再也不回來。」

「千萬別再殺人！」他的夥伴聲音顫抖地說。

「我不會殺她。對付女人最好的方法莫過於從她的外表下手，只要在她的臉上割兩刀，讓她毀容就好。」印江‧喬冷酷地說。

「好吧，要是非做不可，那我們就快點動手吧！」他的夥伴說。

「不行！現在燈還亮著，一定還有其他人在那。我們得等燈熄了再動手。」

接下來的一段時間裡，沒有任何人說話，這種沉默比任何關於謀殺的言語來得更讓人恐懼，看來那兩個人是勢在必得了！

哈克拚命屏住呼吸，小心翼翼地倒退了一步。他先是用一條顫抖的腿支撐住他的身體，然後用盡全部力氣保持住平衡，接著再移動另一條腿緩緩往後踩下去。就這樣，哈克一步接著一步倒退著走，不時得停下來，輕輕喘口氣，然後才再繼續。

突然，喀嚓一聲！他踩到了一根樹枝。他嚇得馬上憋住氣，接著扭頭拔腿狂奔。他一直跑，一直跑，跑到鐘斯老先生的家。他用力地敲著門。

鐘斯老先生和他兩個兒子從窗戶探出頭，「是誰呀？這麼晚了，有什麼事情嗎？」鐘斯老先生和他的兩個兒子揚聲問道。

哈克著急地大喊著，請他們快點開門。

剛一進門，他的第一句話就是：「請千萬別告訴別人是

我說的，不然我會被人追殺的！」

屋主和兒子三人面面相覷，還沒有弄清究竟發生了什麼事。哈克一口氣把看到的一切全盤托出。老人聽完立刻安慰道：「放心吧！孩子，我們一定不會說出去的。」說完，他就和兩個兒子全副武裝地上山去了。

哈克沒有和他們一起上山，而是躲在一塊大圓石後靜靜地等著。四周安靜得連片落葉掉在地上的聲音都能聽見，哈克焦急地等待著，突然，前方傳出一陣槍聲和一聲痛苦的喊叫，哈克嚇得渾身發抖，不顧一切直奔下山去了。

第二天一早，太陽剛剛升起，鐘斯老先生家的大門再度被敲響了。站在門口的，正是一整夜不敢闔眼的哈克。

老人熱情地讓哈克進入屋裡，做了一頓熱氣騰騰的早飯給他吃。哈克狼吞虎嚥地吃完飯，抹了抹嘴巴，仰頭對老人說：「我昨晚被槍聲和叫喊聲嚇個半死，所以當場就拔腿跑走了。」

「看來你夜裡受了不少罪啊！吃完早餐後先在這睡一覺吧！不過孩子，他們並沒有被打死。昨晚我們拿著槍，正慢慢地逼近他們身邊的時候，我突然打了個噴嚏，驚動了那兩個壞傢伙。他們飛快地跑進小路，我和兩個兒子就朝聲音傳來的方向開了好幾槍。但是一眨眼，他們就跑遠了。我們跟著衝過去，可是後來就再也沒聽到他們的聲音。最後，我們只能下山報警。」

「現在天亮了，警長馬上會帶人在樹林附近搜索，找出那兩個傢伙的蹤跡。昨晚我們誰也沒看清那兩個壞傢伙的長相，我想你也不知道他們長什麼樣吧？」

哈克想了想，覺得還是不要說出真相比較好。所以他只告訴他們，其中一人是鎮上新來的又聾又啞的西班牙人，另一個則總是穿著一身破爛衣裳。

老人一拍大腿說：「我認識他們！我以前就在寡婦家附近見過那兩個人，當時他們看了我一眼就溜走了。」

老人叫他的兩個兒子立刻動身去鎮上告訴警長。在他們臨走時，哈克向他們苦苦哀求，請他們千萬別說事情是他透露的。

兩個年輕人走了以後，老人問了哈克一些問題，然後嚴肅地再次追問：「孩子，你不用害怕。看起來你知道那個又聾又啞的西班牙人是誰。快告訴我，這一切究竟是發生了什麼事？」

哈克沒有辦法，只好在老人耳邊低聲說：「那不是西班牙人，那是印江‧喬！」

老人聽完之後暴跳如雷，說道：「什麼？原來是那個殺人犯！」

接著他對哈克說，昨晚他和兒子睡覺前又回去寡婦家附近查看了一次，希望能確定那兩個傢伙有沒有中槍，可是什麼也沒找到，只找到一個布包。

「布包？」哈克瞬間瞪大雙眼，心裡擔心的事不經意間就脫口而出。老人吃驚地看著哈克，不知道他為什麼那麼緊張。

老人接著說：「布包裡只有一捆繩子。」

哈克身體往後一靠，輕輕舒了一口氣。既然布包裡裝的不是金子，那金子肯定在安全的地方。現在那兩個傢伙正在躲避追緝，一定不敢回來。等他們被關進大牢，他和湯姆就可以不費吹灰之力地拿到那些財寶了。

早飯剛吃完，就有人來敲門。哈克嚇得跳起來，慌忙想找地方躲藏。來的人是寡婦和幾個鎮上的人，他們看到很多警察上山，不知道究竟發生了什麼事，於是來打聽狀況。

老人將昨晚發生的事說了一遍，寡婦才知道自己昨晚逃

過一劫。她向鐘斯老先生一家人表達誠摯的謝意，沒想到老人卻說：「夫人，其實真正保護你的另有其人，可是他不讓我們透露他的名字。要是沒有他，我們也不會知道您可能有危險呢！」

　　大家都想知道這個做好事不留名的人是誰，老人卻說什麼也不肯透露，人們只好帶著疑惑離開了。很快地，這件離奇的事件和那個神祕英雄的事蹟就傳遍全鎮，前來詢問的人幾乎踏平鐘斯老先生家的門檻，老人只好一遍又一遍地將故事說給大家聽。

　　而哈克自從那天逃跑之後，氣色就一直不太好，後來甚至還發了高燒。現在，哈克正躺在床上睡覺，他幾乎說了一整夜的夢話。

　　因為醫生們恰好都不在鎮上，於是好心的寡婦便過來悉心地照料他。或許在很多人的眼裡，哈克是個不聽話的壞孩子，可是在她眼裡，哈克只不過是個缺乏人愛的孩子。她輕輕地撫摸著哈克蒼白的臉，喃喃說著：「可憐的孩子，你還不知道湯姆出事了吧？」

第八章　暗穴迷宮

原來，在哈克拯救寡婦的這段時間裡，湯姆和貝琪卻陷入一場巨大的危機中。哈克重回鐘斯老先生家那天上午，人們集合在教堂，談論著前一晚發生在卡迪夫山上的事，貝琪的媽媽和波莉姨媽也在其中。

貝琪的媽媽走到哈珀太太身邊問她：「我們家貝琪是不是還在你家睡覺？」

「你家貝琪？」哈珀太太疑惑地問。

「是啊，難道貝琪她昨晚沒有去你家嗎？」貝琪媽媽驚訝地問。

「沒有啊！」

聽見哈珀太太的回答，貝琪媽媽的臉色頓時變得慘白一片，她一屁股癱坐在旁邊的椅子上。

這時波莉姨媽也走了過來，向她們打招呼：「早安，兩位夫人。我家湯姆昨晚也沒有回來，不知道是不是住在你們誰的家裡呢？等他回家，我一定會好好教訓他的。」

貝琪的媽媽和哈珀太太都搖搖頭。波莉姨媽著急了，她轉頭問喬‧哈珀今天有沒有見過湯姆，喬也說沒有。周圍的人們都停下腳步，圍上前關切，一時間，大家都為兩個失蹤的孩子著急起來。

所有人開始詢問昨天一起出遊的孩子，有沒有看見湯姆和貝琪，結果誰也沒注意到他們是否上船，當時也沒有人清點人數。

突然，一名年輕的男子大聲驚呼，脫口說出大家最不想聽到的事情：「他們倆還在山洞裡，根本就沒有出來！」

聽見這個消息後，貝琪媽媽傷心得暈了過去，而波莉姨媽也開始失聲痛哭。

這個驚人的消息傳遍整座小鎮。教堂的鐘被敲響，人們紛紛展開搜救行動。

　　此刻和失蹤的孩子相比，那兩個在逃的通緝犯根本就不算什麼。半個小時後，河岸聚集了大約兩百多個人。大家備好馬鞍，登上渡船，準備尋找湯姆和貝琪的下落。波莉姨媽和貝琪媽媽焦急地等待著，全鎮的人也都陪著她們一起殷殷等待。可是一夜過去，並沒傳回任何振奮人心的消息。

　　接近中午時，大部分搜救人員都撤回來了，只剩幾個年輕人還留在山洞裡繼續搜尋。人們把山洞裡熟悉的地方都走遍，連從沒進去過的地方也進去了，卻只看到隔著洞壁的另外一群搜救小隊所照出的火光，始終沒發現那兩個孩子。有人在一個洞窟深處，發現石壁上有用燭火燻出的「湯姆和貝琪」幾個字，旁邊還留著貝琪衣服上的絲帶。可是再往裡搜尋，卻什麼都找不到了。他們帶回那條絲帶，貝琪的媽媽收下後，抱在懷裡哭個不停。

　　又一天過去，依然沒找到湯姆和貝琪。到了第三天，村子裡一片死氣沉沉，誰都沒有心思做事。

　　而另一邊，臥病在床的哈克偶然清醒時，便向寡婦探聽那家旅館的事情，還試探性地詢問是否有人在那兒發現了什麼不尋常的東西。沒想到寡婦立刻回答：「是找到了一點不可告人的東西。」

　　哈克激動地直接從床上坐了起來：「發現什麼啦？」

　　「酒！那家旅館是禁酒的。」寡婦回答，「孩子，怎麼啦？你嚇了我一跳啊！」

　　哈克緊接著問：「是湯姆發現的吧？」

　　寡婦聽到這句話便傷心地哭了起來，一時不知該說些什麼才好。哈克到現在還被蒙在鼓裡，渾然不知湯姆失蹤的事情，他滿腦子都還想著金子一定被印江・喬藏到別的地方去

了。他沉浸在惆悵的情緒裡，完全沒有餘力去想寡婦為什麼會哭。

寡婦暗自想：「這個可憐的孩子，事情雖然是湯姆發現的，遺憾的是，他失蹤了那麼久，到現在還下落不明。」

現在我們把時間倒回湯姆和貝琪參加野餐的那天——他們跟著其他孩子一起穿過昏暗的通道，遊覽洞中各種奇景。這些奇景有特別的名稱，如：「會客室」、「教堂」、「阿拉丁皇宮」等等。之後，大家開始玩起遊戲，湯姆和貝琪也興奮地加入其中，起初大家都玩得很起勁，後來不少孩子玩累了，便開始走出洞外。

湯姆和貝琪舉著蠟燭繼續往深處走去，不知不覺來到一個地方，那兒有條小溪從岩層上往下流，夾帶石灰殘渣，經年累月形成鐘乳石。

湯姆發現一處天然陡梯，於是萌生探險的念頭，貝琪也願意與他同行。他們先在石壁上燻上自己的名字，好作為回頭指引的路標，接著繼續往前走去。或許是玩得太開心，湯姆和貝琪根本沒注意到山洞裡只剩下他們兩個。

他們順著蜿蜒的通道前進，深入洞穴底下一處神祕的境地，再做了另一個記號；接著又走入一條岔路。他們左轉右轉，一心想著要發現一些新奇的事物，好回去向人炫耀。

到了某處，他們發現了一個很寬敞的地方，洞穴的頂端垂下很多的鐘乳石，有些還有大腿那麼粗，眼前的奇觀令湯姆和貝琪兩人嘆為觀止。

然後，他們從數個分岔的通道中選擇了一條路離開。不久，來到另一處神奇的地方。那裡有一汪泉水，泉水池邊覆蓋著一層閃閃發亮的水晶體霜花。這處泉水是在一個石室的中央，四周牆壁垂掛著許多美麗的鐘乳石和石筍，是經過幾世紀涓滴不息的水珠所形成的。

就在他們準備折返時，突然發現洞穴上方有一群蝙蝠被燭光驚動，紛紛朝他們的方向撲飛過來。不巧，有一隻蝙蝠打翻他們手中的蠟燭，整個洞穴頓時漆黑一片。

　　湯姆顧不得尋找回去的路，拉著貝琪拔腿就跑。蝙蝠追了他們倆好長一段路才放棄。等到他們擺脫這些可怕的東西時，卻發現自己在一個地下湖旁邊。他們重新點燃蠟燭，互相攙扶著對方坐下來，這才發現其他孩子早已不知去向。

　　「湯姆、湯姆，我們迷路了，怎麼辦？我們永遠都沒辦法走出這個可怕的地方了！哦，真是的！當初我們真不該單獨行動！」

　　貝琪非常不安，很想往回走，可是一想到掉頭回去要重新面對那些可怕的蝙蝠就退縮了。更何況，剛才這一路橫衝直撞下來，已經不記得任何路線，沿途也沒做任何記號。兩個孩子一邊祈禱著不要迷路，一邊憑著印象繼續走，可是怎麼也走不出這個「迷宮」。

　　最後湯姆只好承認：他們迷路了。

　　貝琪一聽，癱坐在地上大哭起來，任憑湯姆怎麼安慰都沒有用。等哭夠了，貝琪才又起身繼續找路。他們就這樣一路走走停停地在洞穴裡摸索，直到身體實在支撐不住了，才找個地方坐下來休息。貝琪開始想家，忍不住又哭起來。哭了一會兒，她疲憊地靠在湯姆身上沉沉睡去，湯姆也藉此稍作休息。

　　「湯姆，我夢見一個美麗的地方，我們就快要到那裡去了！」貝琪醒過來，悠悠地說了這一句話。

　　「不會的，貝琪。來，我們繼續找吧！」湯姆說。

　　他們手挽著手又開始漫無目標地尋找。湯姆感覺他們好像已經困在地底好幾個禮拜了，可是始終一籌莫展，找不到回去的路。

　　不久後，他們找到先前發現的那處泉水。湯姆將一截蠟燭用泥土黏在石壁上，拉著貝琪坐了下來，並從口袋裡拿出一點食物給貝琪吃。貝琪無神的雙眼立刻有了光芒。

　　「湯姆，你竟然還有吃的！這不是我們之前做的結婚蛋糕嗎？」

　　「是啊！它要是再大一些就好了。我本來還想留著不吃它，以後可以做個紀念。」

　　湯姆說著，把蛋糕分成兩半。貝琪一拿到食物便開始狼吞虎嚥，湯姆卻小口小口咬著，不敢多吃。

　　吃完蛋糕以後，他們還喝了些泉水。不久，貝琪建議繼續往下走，湯姆卻沉默不語。

　　突然，湯姆認真地對貝琪說：「聽我說，貝琪。我們必須待在這裡等待救援，這裡至少有水喝，而且我們就只剩下這一小截蠟燭了。」

　　貝琪開始放聲大哭。湯姆努力地安撫她說，等那些孩子回到家，大人們一定會發現他倆沒回去，很快就會派人來找他們，可是貝琪卻哭得更大聲。

　　湯姆突然想起，貝琪那天晚上原定計畫是不返家的，因此，等大人們發現他們失蹤，應該是第二天中午以後的事情了！兩個孩子開始心驚膽戰地盯著那最後一點點蠟燭，只能眼睜睜地看著它熄滅。

　　時間不知過了多久，貝琪醒了就哭，哭累就睡，湯姆也一直昏昏沉沉的。有一次他們醒過來時，再度被飢餓折磨得受不了。於是，湯姆把自己不捨得吃掉的半塊蛋糕，和貝琪分著吃了。這時候，湯姆聽到遙遠的地方似乎傳來了一聲呼喚，他馬上回應了一聲，隨即拉起貝琪的手往聲音傳來的方向走去。他們一路用腳探索地面，小心翼翼地前進，可是不久，他們便碰上一個深不見底的大坑，無法再通行。

湯姆和貝琪只好停留在原地，等待外面的人順利找到他們。可是那呼叫聲卻變得愈來愈遠，最後竟消失了。湯姆情急之下放聲大喊，一直喊到嗓子沙啞也沒用。他們又摸黑走回泉水旁，繼續醒醒睡睡地等待。等他們再次醒過來時，又變得飢腸轆轆，感覺真是難受極了！

　　湯姆突然想到個主意，他從口袋裡掏出一捆風箏線，把它綁在一塊固定的石頭上，一邊摸索向前，一邊放線。順著彎彎曲曲的通道，湯姆來到走道盡頭，發現前面是一處陷落的地勢。正當他準備跪在地上伸手往下探索時，突然在另一邊的岩石後面，出現了另外一隻拿著蠟燭的手！

　　湯姆以為有人進來找他和貝琪，高興地大叫起來，想要引起注意。但是當那人的身體從石頭後面閃出來時，湯姆驚覺：那不是印江‧喬嗎？湯姆嚇得癱在那裡，動彈不得。幸運的是，印江‧喬發現洞穴裡面有人，也嚇了一跳，大叫一聲後，拔腿就跑。湯姆心想，印江‧喬八成沒有認出自己的聲音，否則他一定會跑過來報仇。

　　經過這次的驚嚇後，湯姆沒有力氣再奔跑及喊叫，只能沿著原路折返。他並沒有讓貝琪知道自己遇見印江‧喬。

　　貝琪已經非常虛弱地躺在地上，可是她懇求湯姆帶著風箏線再去試試，一定要找到出去的路。湯姆難過極了，但他仍然表現出信心滿滿的樣子，請貝琪相信他一定會做到，隨後，就抓著風箏線朝另一條通道走了出去。

　　時間已經到了禮拜二下午。夕陽西下，全鎮的人都沉浸在悲傷的氣氛中。山洞那邊還有幾個人依然鍥而不捨地尋找著湯姆和貝琪，可是大部分的人都已經放棄。

　　人們都說那兩個孩子應該已經罹難了。貝琪的媽媽病得很重，嘴裡含糊不清地叫著女兒的名字；波莉姨媽原先灰白的頭髮現在幾乎變成了全白。

　　夜幕降臨，人們懷著悲傷的心情各自回家。到了午夜時分，教堂的大鐘突然響起。人們穿著睡衣跑到街上，聽見有人大聲叫喊著：

　　「找到他們啦！找到他們啦！」

　　人們頓時湧向河岸方向，鑼聲、鼓聲和號角聲響徹整個小鎮。一輛敞篷車載著那兩個孩子停在路中間，歡呼聲更是一陣高過一陣！

　　那一夜，全鎮的人幾乎都沒有睡覺，他們像水流一般全都湧到貝琪家，擁抱著兩個獲救的孩子，在他們臉上親個不停。波莉姨媽笑得眼睛都瞇成了一條縫，而貝琪媽媽的病立刻不藥而癒了。

　　湯姆躺在沙發上，向周圍一大群急切的聽眾講述著他那曲折離奇又有趣的探險經歷。當然湯姆也不忘大肆加油添醋一番，他描述自己如何留在貝琪身邊，然後用風箏線幾次探索失敗以後，最後依然不放棄地再放出一捆，並沿著通道往前走。他走了兩條通道，接著又往第三條通道走去，可是風箏線已經不夠長了，就在他準備掉頭回去時，突然看見遠處有一抹亮光，看上去像是日光。

　　於是，他放下手中的線，朝小亮點匍匐前進，發現那個光點果然是一個狹窄的洞口。他用力把頭和肩膀從洞穴裡擠出去，一條寬闊的河流瞬間映入眼簾！他感到非常慶幸：如果當時是夜晚，他就不會看到那一絲光亮，也就不會找到出口了。

　　他興高采烈地回去接貝琪，說服貝琪相信他真的找到了出口。湯姆先爬出洞口，又費了好大的力氣才把貝琪從裡面拉出來。他們坐在洞口大喊，引起一艘小船上的人注意。那些人說什麼都不肯相信他們離奇的故事，因為他們爬出來的地方離山洞入口足足有好幾英里遠呢！

湯姆和貝琪很快發現，在山洞裡挨餓了三天三夜，不是一時片刻就可以恢復的。回到家的湯姆在床上整整躺了四天才漸漸恢復體力，到了禮拜六，他才恢復往日生龍活虎的樣子。可是貝琪直到禮拜天才走出臥室，而且看上去仍然十分虛弱。

　　湯姆聽說哈克病了，也聽說了卡迪夫山上發生的事，還聽說那個陌生人被發現陳屍在河邊的小船靠岸處，很可能是企圖逃跑時落水淹死了。

　　兩週後，哈克逐漸康復。期間湯姆不斷地去探視生病的哈克，但直到這時，他才終於能聽一些比較刺激的事情，而湯姆已經迫不及待想把一些重要的事情告訴他了。

　　今天在前往探視哈克途中，湯姆也順道去探望了一下貝琪。在她家的時候，有人開玩笑地問湯姆還願不願意「舊洞重遊」？

　　湯姆果斷地說：「要我再去探險一次也沒有問題！」

　　貝琪的爸爸就說：「是啊！湯姆，我一點也不懷疑你的冒險心，而且也相信肯定還有像你這樣愛冒險的人，會再度進入山洞。所以我們現在做了一些預防措施，今後保證再也不會有人在山洞裡迷路了。」

　　湯姆疑惑地問：「法官大人，您為什麼這樣說呢？」

　　貝琪爸爸告訴湯姆：「兩個星期以前，為了防止再有人到洞穴探險迷路，我已經在大門上釘上一塊鐵板，並上了三道鎖。鑰匙則交由我保管。」

　　聽到這話，湯姆的臉色瞬間變得像紙一樣慘白。

　　「孩子，你怎麼啦？」貝琪爸爸問。

　　湯姆吞吞吐吐地說：「法官大人，我看到印江‧喬還在洞裡呢！」

　　短短幾天，小鎮又被這個驚人的消息轟炸了一次。這一

回不到幾分鐘，消息就全面傳開了。渡輪再次載滿乘客往山洞駛去。打開洞口的鐵門後，人們全被眼前的景象嚇得瞠目結舌：印江‧喬倒在地上，已經死了！他的周圍有幾隻蝙蝠的爪子，看樣子是他啃剩下的。他的獵刀在他身旁，已經斷成兩截。門下的大橫木被砍碎，但外面還有顆岩石擋著，就算有獵刀也救不了他。

　　附近有一根石筍從地面往上生長了好幾個世紀，是由洞穴上方的鐘乳石滴下水滴而成。印江‧喬打破石筍，在柱面上放了一塊石頭，石頭上面挖了一個淺淺的凹槽，用來接取上面落下來的珍貴水滴。可以想像印江‧喬臨死前曾經試圖用獵刀挖開一個洞，想要逃出去，卻失敗了。在生命的最後時刻，靠著這一點點水和偶爾飛出的幾隻蝙蝠苟延殘喘。最終，還是活活餓死了。

　　後來，人們參觀這個石洞奇景時，都會駐足此地，盯著那塊令人傷心的石頭和涓涓流下的水滴，彷彿在憑弔逃犯印江‧喬的悲涼下場。湯姆能體會印江‧喬最後的絕望，但是他的死，可以讓湯姆從此以後都不再需要擔驚受怕了。

　　印江‧喬最後就埋在石洞口附近。周圍幾個小鎮的居民都趕來觀禮。

　　那天上午埋葬印江‧喬後，湯姆把哈克帶到一個僻靜的地方，打算跟他說一件重要的事。

　　但湯姆還沒開口，哈克就搶先說道：「湯姆，我知道你要說什麼。你到過『二號』，但除了威士忌酒外，什麼也沒找到，也沒發現那袋金幣，對吧？我覺得我們永遠也得不到那筆錢了。」

　　「哈克，你知道了？那次之後，隔兩天就是星期六，我去野餐聚會時受困在山洞裡。可是同一天晚上你不是在守夜嗎？」湯姆不解地問。

「噢，不是！那天夜裡，我一個人跟蹤印江‧喬和他的同夥到了寡婦家。」哈克把那天晚上的經過告訴湯姆，說完之後，他大大地嘆了一口氣：「我看錢一定是被其他人偷走了。」

「哈克，那筆錢根本就不在『二號』。我們先前弄錯地方了！」湯姆盯著哈克說：「錢就在山洞裡。」

哈克的眼睛頓時閃閃發亮，難以置信地望著湯姆。

「哈克，我沒騙你。你願意和我一起去山洞嗎？」湯姆誠懇地問。

「你是怎麼知道的？」哈克問。

「到時再說吧！要是找不到那些錢，我就把所有的玩具都送給你！」

「好，就這樣說定了。你想要什麼時候去？」

「就現在吧！但你身體撐得住嗎？」

「要進入到很深的地方嗎？我已經休息三、四天了，但現在還是不能走太遠的路。」

「別人去的話要走五英里路，但我不用，哈克，我知道一條別人不知道的捷徑。我會用小船載你去，然後把小船停在河邊，找到寶藏後再划回來。你不必費任何力氣。」

「那我們馬上出發吧！」

「好！還要帶上兩、三捆風箏線，以及一些火柴。」

中午過後，他們立刻動身，帶上一些食物和工具便出發了。他們向一戶人家借了一艘小船，沿著河划行至「空心山洞」不遠處，湯姆說：

「你看，從『空心山洞』往下到這片峭壁，景色看起來都很像。但是你有沒有看到那塊山崩過、白白的地方？那就是我們的記號。我們現在要靠岸了。」

他們上岸之後，湯姆便說：「這個地方離我們的洞口很

近，你能找到嗎？」

　　哈克把周圍都找遍了，還是什麼都沒有發現。湯姆走進一片茂密的樹叢，說：

　　「就是這裡！別人都不知道這裡還有個洞口，所以你可要守住這個祕密。我們以後就把這裡當成據點，成立一個強盜幫──就叫『湯姆‧索耶幫』，你覺得怎麼樣？」

　　哈克十分贊同湯姆的想法。一切準備就緒後，便由湯姆帶頭，進入洞穴。兩人綁好風箏線後，迅速沿著通道前進。

讓每一天都有機會成爲你
生命中最美好的一天。

Give every day the chance to become the most
beautiful day of your life.

馬克‧吐溫
Mark Twain

第九章　滿載而歸

　　濕寒的山洞又窄又長，他們手裡握著風箏線，僅走幾步路便到了那處泉水。湯姆指著洞壁上用一小團黏土黏著的蠟燭芯，告訴哈克他當時和貝琪被困在這裡，眼睜睜看著燭光熄滅的情景。

　　哈克聽得起一身雞皮疙瘩，催著湯姆繼續往前走。他們繼續前進，拐過幾道彎，來到湯姆遇見印江・喬的地方。接著，又走了一段路後，湯姆小聲地說：「現在給你看一樣東西。」然後他舉起蠟燭往遠方照去：「看見了嗎？那個角落有一個用蠟燭燻出來的記號。」

　　「湯姆，那是一個十字架！」

　　「記得印江・喬說過什麼嗎？『在十字架的下面』，沒錯吧？我當時就是在這附近看見他伸出拿著蠟燭的手。」

　　哈克朝那個神祕符號凝視一會兒，嘴唇顫抖著說：「印江・喬的鬼魂說不定在這裡，我們還是快走吧！」

　　湯姆信心十足地說道：「他的鬼魂只會待在他死去的地方，那裡離這裡還遠著呢！」

　　這話一下子打消了哈克的顧慮。他們沿著十字架下面的坡道爬下去，湯姆在前，哈克在後。坡道的正下方是一個石頭小洞，洞的中心立著一塊大石頭，四邊各有一條通道可以通行。他們在離大石頭最近的通道上發現了一個凹洞，裡面鋪了一張毯子，洞壁上還掛著一個舊籃子，裡面裝著各種啃得只剩下骨頭的殘骸。除此之外，什麼也沒有。兩人到處找了又找，始終沒有任何結果。

　　湯姆說：「印江・喬曾經說過在十字架之下，這裡恰好是離十字架最近的地方。況且他不可能把寶藏直接放在大石頭下，因為石頭緊緊貼著地面，沒有任何空隙。」

於是，湯姆和哈克又繼續四處尋找，還是沒找到任何東西。哈克非常洩氣地坐了下來，可是湯姆卻沒有灰心，繼續觀察著四周。突然，他說：「哈克，你看！這塊石頭上只有一面有足印和蠟油，其他面都沒有！我敢說，寶藏一定就藏在這裡！」

　　哈克高興地站起來：「湯姆，這是條非常好的線索！我們趕緊開挖吧！」

　　湯姆馬上掏出那把珍藏已久的小刀，奮力地挖掘。果然沒幾分鐘，就聽見小刀碰撞木頭的聲音。

　　哈克也開始徒手挖掘，沒多久就挖到幾塊木板。他們搬開木板，發現底下原來是條通往石頭正下方的祕密通道。他們彎著腰走進洞口，看見一條螺旋形的狹窄小道。

　　左彎右拐大約十來分鐘後，湯姆突然大叫：「天哪！哈克，你快看！」

　　在他們眼前的正是他們夢寐以求的破鐵箱，它被封存在洞穴盡頭一個隱密的小石窟裡，旁邊擺著一個空火藥桶、幾枝槍，還有一些垃圾，都已被洞裡的水氣浸得濕漉漉的。

　　兩個孩子走到破鐵箱前，對視了一眼，然後把雙手插進一大堆金幣裡撈了一把，哈克不敢置信地說著：「天哪，我們真的發財了！」

　　湯姆說：「我始終相信我們能夠找到寶藏！不過，我們不要在這裡待太久，還是趕快把箱子抬出去吧！」

　　他們試著把箱子抬出洞外，可是箱子非常沉重，就算兩個孩子費盡力氣，也只能勉強抬起一點點。

　　「這個箱子太重了，那天在『鬼屋』裡，我就注意到他們搬箱子搬得十分吃力。不如我們把錢拿出來，裝進我們帶來的布袋裡吧！」湯姆說。

　　兩個孩子立刻將金幣裝進布袋，扛著布袋往上爬。

　　哈克提議把洞穴裡的槍枝也帶出去，好向其他孩子們炫耀，但是被湯姆拒絕了。湯姆想要把這些武器留著，等他們將來當「強盜」的時候再使用。

　　不久，他們神不知鬼不覺地鑽出山洞，見河邊沒人，便趕緊上船。他們一邊輕快地划著槳，一邊愉悅地閒聊，然後在華燈初上的時候靠了岸。

　　他們決定先去找一輛小推車，把錢運到寡婦家樓上的小閣樓藏起來，等第二天一早再去清點平分。當他們才剛把錢袋放進小推車，就遇到了鐘斯老先生。

　　「孩子們，大家正等著你們呢！快走吧！」

　　老人急忙地帶著他們往山上走，兩個孩子只好困惑地跟在後面。

　　「這不是寡婦家嗎？」哈克疑惑地問。

　　但老人沒有回答，只是把兩人推進去，自己則幫他們把推車停在門外，才進到屋裡。

　　明亮華麗的客廳裡聚集了鎮上所有大人物，有柴契爾夫婦、哈珀夫婦、波莉姨媽、希德、瑪麗、牧師、報社編輯等人。為了寡婦舉辦的宴會，大家都特地穿得很體面。

　　人們一看見湯姆和哈克進來，立刻對他們投以關切的眼神，寡婦則滿心歡喜地接待兩人，並叫人給他們換上帥氣的西裝。

　　宴會馬上就要開始了，湯姆和哈克兩人在房間裡緊張地來回踱步。

　　哈克忍不住說：「湯姆，我們還是趕緊溜走吧！我真不習慣自己成為眾人焦點，更受不了自己穿成這副模樣！」

　　「我的好兄弟，你儘管放心，一切交給我，我會照應你的！」湯姆安慰道。

　　這時，湯姆的弟弟希德進來了。

他不懷好意地說：「湯姆，姨媽等了你一個下午，表姐瑪麗也把你上主日學的西裝都準備好了，每個人都在替你著急。嘿！你身上的髒東西不是泥巴和蠟油嗎？」

「不用你多管閒事！」湯姆生氣地說，「不過，他們今晚為什麼要舉辦宴會？」

「因為寡婦要感謝鐘斯老先生一家幫她在那個夜晚逃過一劫。而且……」希德賣著關子。

「快說！」

「鐘斯老先生今晚打算跟大家說一個驚人的消息，可是今天早上他和姨媽在談論這件事的時候，被我聽到了。這是個祕密，但我想現在應該也不是了。而且今晚的宴會哈克一定要來，他要是不來，這個祕密就沒意思了。」

「到底是什麼祕密？」湯姆急切地問道。

希德說：「就是哈克跟蹤強盜到寡婦家的事。鐘斯老先生本來想在宴會上把這件事告訴大家，給眾人一個驚喜，可是顯然大家都已經知道了。」希德臉上露出得意的神情。

「希德，是你說出去的嗎？」

「別管是誰說出去的，總之，已經有人把那些祕密都告訴大家了。」

湯姆立即明白是怎麼回事。他握緊拳頭，咬牙切齒地說道：「全鎮只有一個人會到處散布祕密，就是你。那天，要是你看到強盜要去謀害寡婦，一定會嚇得直接跑下山，根本不會向人通報強盜的行蹤。你只會做些卑鄙無恥的事，就是見不得做好事的人接受大家的表揚！」

湯姆一邊說，一邊將希德趕出門外。

不久後，宴會開始了。鐘斯老先生繪聲繪影地講述哈克那天晚上的英勇表現。而人們因為都從希德嘴裡知道了這件事，所以只能裝出一副驚訝的樣子。突然間成為人們注目和

表揚的焦點，讓哈克感到渾身不自在，這感覺比穿上一身整齊的新衣服更讓他難受。

鐘斯老先生講完後，寡婦便說她想收養哈克，並供他念書，她也願意節省開銷，將來幫助哈克經營個小本生意。這時，湯姆逮住機會大聲地對大家說：

「哈克才不需要用你的錢，他現在發財了！」

客人們哄堂大笑，但是湯姆卻認真地說：「不管你們信不信，哈克現在真的是個富翁。我馬上就讓你們知道這到底是怎麼一回事！」說完他就跑出門外。

客人們被弄得丈二金剛摸不著頭腦，面面相覷，疑惑地看著哈克。而哈克彷彿舌頭打結般，一句話也說不出來。

波莉姨媽心想湯姆一定又在耍花樣。但是，沒想到湯姆背著兩個沉甸甸的布袋，跌跌撞撞地衝進來，「嘩啦啦」倒了一堆金幣在桌上。人們瞠目結舌，一句話也說不出來。

「這筆錢一半是哈克的，一半是我的。」湯姆得意洋洋地說。

人們在一陣沉默過後，紛紛要求湯姆解釋一下這筆錢的來歷。於是，湯姆馬上把整個尋寶的過程告訴大家。

湯姆講完後，鐘斯老先生推了推眼鏡，說：「我原以為今天我說出的祕密會令在座的各位震驚，現在看來，那簡直不值一提。」

眾人數完金幣後，發現一共有一萬兩千元。儘管在座的人當中，有幾位的家產遠比這些錢還多，但是還真的沒幾個人見過這麼大一筆錢堆在面前。

這一次，湯姆和哈克可算是真正出名了。他們無論走到哪裡，都會受到大人和小孩的羨慕及注視。

自從他們倆發了這筆意外之財後，人們議論紛紛，大家心裡都在想：「為什麼自己就沒這樣的好運氣呢？」

或許是大家想發財想昏了頭，竟然紛紛仿效湯姆和哈克的做法，展開尋寶活動。

　　那個時候，鎮上只要是廢棄的老房子，就一定會遭人拆解。一塊塊木板、一片片瓦片、一塊塊泥牆都被拆解下來並敲碎，地基也被一點點掘開。人們在那些房屋的每個角落翻找，只為了找出可能藏匿其中的寶物。

　　宴會過後沒多久，寡婦正式收養哈克。她幫哈克把他的那筆錢做了點投資，柴契爾法官也在波莉姨媽的委託下，幫湯姆把錢做了相同的處理。現在，兩個孩子都有一筆可觀的收入了。

　　柴契爾法官非常喜歡湯姆。他說，一個普通的孩子不可能把他的女兒從絕境中解救出來。貝琪還把湯姆在學校裡替她受罰的事情告訴父親，讓柴契爾法官更是被湯姆的俠義心腸深深打動。他覺得湯姆雖然在老師面前撒謊，卻恰恰顯現出他的崇高無私和機智勇敢。柴契爾法官還說湯姆是個可造之才，將來他要把湯姆送進軍事學院就讀，再把他送到全國最好的法律學校深造，讓他成為一位大名鼎鼎的律師或軍事家。

　　哈克有了錢，又成了寡婦的養子，突然就踏入了所謂的「上流社會」。可是他一點都不享受這樣的生活，甚至吃盡了苦頭。每天都有傭人替他梳頭，把他弄得乾乾淨淨、整整齊齊，晚上還會為他鋪上舒服的床單。而且，他現在得學習用刀叉吃東西，還得遵守各式各樣的規矩。相比以前遊手好閒的日子，現在他每天得念書、做功課、上教堂，講話也必須得體，結果說出來的話變得枯燥乏味。他覺得無論走到哪裡，文明都在束縛著他。

　　這種「上流社會」的日子大概過了三個禮拜，有天，哈克突然失蹤了。寡婦心急如焚，派人到處找他，但是兩天兩

夜過去，依然音訊全無。全鎮居民也十分著急，大家又像之前孩子們去當海盜那次一樣，在河裡尋找哈克的下落，可是仍一無所獲。

第三天一早，聰明的湯姆想到了一處哈克可能藏身的地點。於是，他跑到小鎮旁的屠宰場，順利在屠宰場的舊空桶裡，找到了看起來逍遙自在的哈克。哈克才剛吃過從別人那裡偷來的殘羹剩飯，穿著一身破爛的衣裳，正枕著雙手躺在空桶裡吹口哨。

湯姆一把將他拉出來，告訴他大家都急得像熱鍋上的螞蟻，並要他趕緊回家。

哈克坐起來，皺著眉直搖頭說：「那種日子不適合我！雖然寡婦對我很好，可是她的規矩實在太煩人了。每天起床都得洗臉、刷牙、梳頭，以及穿上她為我準備的衣服，晚上我還得睡在床上。真是太煩人了！」

聽完哈克的抱怨後，湯姆雙手一攤，說：「哈克，大家都是這樣過日子的。」

「為什麼我要和別人一樣？我無法忍受拘束的生活。你看，我吃東西要報告，上廁所要報告，出去玩要報告，想睡覺也要報告，無論做什麼都要經過寡婦的同意。說話時還得想哪些話能說，哪些不能說。除此之外，我還不能隨意打哈欠、打噴嚏和伸懶腰！」哈克連珠炮似的繼續說著：「更重要的是，學校馬上就要開學了，如果我不趕緊開溜，就得去上學！那簡直會把我逼瘋！其實，發財並沒有我們想像得那麼好，要不是那些錢，我現在也不用整天綁手綁腳，擔心來擔心去的，難受極了。湯姆，我的錢都給你吧！你替我帶話給寡婦，請她放過我吧！」

湯姆苦口婆心地勸著：「哈克，你再嘗試個幾天吧，習慣後就好了。」

「可是我恐怕一輩子都無法習慣。湯姆，我不想當有錢人。我喜歡樹林，喜歡小溪，喜歡河流和空桶，我不想和它們分開。我這輩子只想當個強盜！」

湯姆急忙抓住這個機會，說：「哈克，有錢也可以當強盜。」

哈克盯著湯姆，沒有說話。

「是真的。而且哈克，你得知道，倘若你只是個無名小卒，我們是不會讓你加入強盜幫的。」

「湯姆，可是你說過要讓我加入強盜幫的，你不會這麼不講義氣吧？」哈克急了。

湯姆裝作委屈的樣子回答：「哈克，我也不想這樣。但是，如果以你現在的樣子加入的話，其他人就會說：『嘿！這湯姆・索耶幫裡居然有這種低級的人混雜在內！』假如別人這麼說你，你會開心嗎？」

哈克內心做了一番激烈的掙扎後，勉為其難地說：「好吧，只要你答應讓我加入強盜幫，我就回到寡婦身邊再熬一個月試試！」

「就這樣說定了！我也會請寡婦對你的要求稍微放寬一點。」

「真的嗎？太好了，或許她把那些規矩稍微放寬一點點後，我就不會那麼不快樂了。不過，我們什麼時候成立強盜幫呢？」哈克急切地問。

「哦，今晚就把大家聚集起來，舉行入幫儀式吧！」湯姆答道。

到了晚上，湯姆、哈克、貝恩・羅傑、喬・哈珀四人聚在一起，在小鎮外一處偏僻的地方，找了一所看起來像「鬼屋」的舊房子，在裡面點燃火堆，舉行了一個盛大的入幫儀式。

　　熊熊火光照紅了四張興奮的小臉，他們對著營火，舉起右手，莊嚴地立誓。四人發誓一定要互相幫助，決不洩露幫會的任何祕密，以及共同對付傷害他們兄弟的人。宣誓結束後，他們拿出從各自家裡帶來的食物大吃特吃，痛快地慶祝一番。

　　哈克高興地睜大雙眼，說：「湯姆，這比當海盜強一百萬倍。為了這個，我願意一輩子住在寡婦家裡。等我將來成為一個家喻戶曉的強盜，受到大家的崇拜時，她一定會為我感到驕傲的！」

　　暑假快結束了，關於湯姆‧索耶和他朋友們的故事，也暫時告一段落。孩子們在小鎮上，繼續著他們自由自在又調皮搗蛋的生活，也許將來有一天，他們當中有幾位會成為響噹噹的大人物，亦或只是個默默無聞的普通人。但那歡樂的童年，永遠像一個五彩繽紛的夢，鐫刻在他們內心深處。

再多的證據也無法說服一個笨蛋。

No amount of evidence will ever persuade an idiot.

馬克・吐溫
Mark Twain

湯姆歷險記學習單

馬克・吐溫（了解作者與作品）

1. 馬克・吐溫在美國密蘇里州長大，由於當時的密蘇里州屬於「奴隸州」，他因此對奴隸制度產生了一番自己的見解。你知道什麼是奴隸制度嗎？

2. 馬克・吐溫年少時，曾在美國各州從事印刷工作，因此得以見識各地風情。如果你想要到各縣市生活、進行深度旅遊，你會選擇從事什麼職業來賺取生活費？為什麼？

3. 〈認識馬克・吐溫〉中有提到，全國湯姆索耶日的活動內容都與《湯姆歷險記》的故事情節有關係。如果讓你策畫全國湯姆索耶日的活動，除了歷年來的圍欄繪畫比賽，你覺得還可以加入哪些特色活動？

湯姆歷險記（故事內容的回顧）

1. 湯姆是用什麼方法讓孩子們心甘情願地為他刷牆？

2. 在故事中，湯姆一直想當一名海盜，為什麼他會有這樣的想法呢？

3. 在湯姆去參加野餐的期間，哈克是如何拯救了寡婦？

小聰明大智慧
（假如故事內容發生在自己身上會怎麼做？）

1. 波莉姨媽誤會湯姆摔碎糖罐而處罰湯姆，如果你遭到誤會，會如何為自己辯護？

2. 湯姆因為心情不好而被波莉姨媽餵了許多「靈丹妙藥」，靠著餵貓咪喝藥水，才讓姨媽意識到自己的錯誤。如果是你，會怎麼做讓長輩知道？

3. 如果你和湯姆一樣迷了路，你會如何讓自己保持冷靜，並設法脫困呢？

正義與擔當（故事困境的延伸）

1. 當你親眼目睹有人考試作弊，你會告知老師嗎？

2. 如果會，你會用什麼方式告知老師？舉手當場告知或匿名告密？為什麼？

3. 你覺得為什麼有人會想要考試作弊？

你還知道什麼？（故事內容的延伸）

1. 我們通常都到診所請牙醫拔牙，而波莉姨媽用絲線和碳塊幫湯姆拔牙齒。你還聽說過哪些拔牙齒的方式呢？

2. 湯姆在玩尋寶遊戲時曾和哈克講述羅賓漢劫富濟貧的故事。你還知道其他有關於劫富濟貧的故事嗎？

3. 美國密蘇里州每年都會舉辦「全國湯姆索耶日」，你還知道哪些為虛擬人物舉辦的節日嗎？這些節日有什麼特別的活動呢？

海盜旗（活動）

　　在《湯姆歷險記》中，熱愛自由的湯姆嚮往海盜生活，因此常說自己想當海盜，也想和朋友組成一個海盜團。如果湯姆請你幫他設計一面海盜旗，你會怎麼做呢？試著把它畫下來吧！

頑童歷險記

目　錄

第一章　哈克貝利的自述

　　如果你沒讀過《湯姆歷險記》那本書，就不知道我是什麼人；不過沒關係，那本書是馬克‧吐溫先生寫的，他所寫的基本上都是事實，除了有一些地方是胡扯之外。不過這也不要緊，我幾乎沒見過哪個人只說過一、兩次謊的，除非是像波莉姨媽或道格拉斯寡婦那類的人，或許瑪麗也算是。對了，她們三人的事都有寫在那本書裡。

　　那本書的結局是這樣的：湯姆和我找到了那些被強盜藏在山洞裡的錢，因此發了一筆橫財。我們兩人各分到六千塊錢——都是金幣！再後來，柴契爾法官協助我們把錢拿去投資，這樣，我們每天都能各自拿到一塊錢的利息呢！

　　道格拉斯寡婦把我當成她的兒子，說要讓我變成一個文明人。那個寡婦很講規矩，在她家過日子真是鬱悶，所以我偷偷溜走了！我重新穿回破爛衣服，鑽到原本裝糖的巨大木桶裡，滿足地享受著重獲的自由，可是湯姆找到了我，說他要組織一個強盜幫，可以讓我加入，條件是我必須回去和寡婦一起生活，做個像樣的人，我只好照他的意思做了。

　　回到道格拉斯寡婦那兒，寡婦對我又哭又罵，還說我是迷途的羔羊，不過，她沒什麼惡意。然後，她又硬要我穿上新衣服，我只得穿上，但這衣服穿起來怪彆扭的，讓我沒辦法自在地活動，又熱得滿身大汗！

　　華森小姐是寡婦的姐姐，她很瘦，戴著一副眼鏡，沒有結婚，剛搬來和寡婦一起住。

　　她拿一本識字書幫我上課，她非常嚴厲，一會說：「哈克貝利，別把你的腳擱在那上邊，別弄得嘎吱嘎吱響，請坐正。」一會兒又說：「別這麼打呵欠，別這麼伸懶腰，學著規矩些，哈克貝利。」

我苦苦支撐了一小時，寡婦才叫她對我放鬆點。我真看不出這樣有什麼好，不過，我從沒有說出口。因為我知道一旦說出口，便會惹麻煩，沒有任何好處。

　　呼，我終於可以落個清靜了！

　　夜晚靜悄悄的，這個時候大人們都睡得死死的。我坐在靠窗的椅子上，感到孤單且不快樂。

　　「噹——噹——噹——」遠處的大鐘敲了十二下，又完全靜了下來，四周感覺比剛才更安靜了。

　　不一會兒，我聽見窗外有根樹枝「啪嗒」一聲斷了，接著馬上聽見細微卻剛好能捕捉到的「喵嗚、喵嗚」叫聲。太好了！我也盡量「喵嗚、喵嗚」地小聲應和。隨後我吹熄蠟燭，從窗戶爬了出去，爬到一間儲物棚屋頂上，再從那兒溜到院子樹叢裡。

　　果然沒錯，湯姆・索耶就在那兒等著我呢！

第二章 強盜幫行動

　　我和湯姆踮著腳尖，沿著院子樹叢裡的一條小路，往圍籬方向走，小心地彎著腰，不讓矮樹枝蹭到頭。經過廚房的時候，我被樹根絆了一跤，發出了聲響，湯姆和我馬上屏息蹲下。華森小姐的大個子黑奴吉姆正坐在廚房門檻上——我們看得一清二楚，因為他背後還點著燈！

　　吉姆聽到動靜，站了起來，伸長脖子問道：「誰？」

　　他又聽了聽，然後靜悄悄地走了出來，正好停在我和湯姆中間的位置——近到我們伸手就能碰到他！就這樣幾分鐘又幾分鐘過去了，沒有人發出一丁點聲音。

　　吉姆開口說：「嘿，你是誰？你在哪裡？」我們更是不敢稍動，連大氣都不敢喘一口。

　　「我要是沒聽見聲音才怪呢！好吧！我知道我該怎麼辦了，我就坐在這兒等，反正會再聽見的。」於是他就在我和湯姆中間坐了下來。他靠著一棵樹伸展雙腿，其中一條腿都快碰到我的腳了。後來，吉姆的呼吸聲漸漸變大，還打起呼嚕，湯姆和我便趁機溜了出去。

　　來到屋子對面的小山頭上，我們站在山邊往下面的村子看，只見還有三、四處燈光在那兒一閃一閃。頭上的星星燦爛閃耀，村莊旁邊有條大河，足足有一英里寬。我們走下山頭，找到了喬‧哈珀、貝恩‧羅傑和其他兩、三個男孩，他們都躲在那間舊製皮廠裡。

　　我們解開一艘綁在岸邊的小船，順流而下兩英里半，來到山腳的一處斷崖邊，上了岸，走到一片矮樹叢前，湯姆叫我們每個人發誓，會永遠保守祕密。然後我們點起蠟燭，跟著湯姆走進樹叢最茂密的地方，爬進裡面的一個小山洞，手腳並用爬了大約兩百碼，山洞突然變寬敞了。

最後，我們來到了一個有房間大小、四周石壁滲著水珠的地方。

　　湯姆說：「現在，咱們成立強盜幫，就叫做湯姆·索耶幫吧！想要加入的人都要宣誓才行，還必須用血寫上自己的名字。」

　　每個人都願意，他們不僅宣誓，還拿別針刺破手指，擠出血來在湯姆準備好的紙上簽名，我也在紙上畫了押。

　　貝恩·羅傑說：「那我們強盜幫要做什麼呢？」

　　湯姆說：「不是搶，就是殺。」

　　「可是我們能搶誰啊？去搶人家的房子？還是去搶牛搶羊？」

　　「胡說八道！那樣根本不能算搶，而是偷。我們不是小偷，那太沒氣勢了！我們是大盜，攔路搶劫的那種！我們要戴上面具，打劫過路的馬車，把人通通殺掉，搶走他們的錶和錢！」

　　我們選了湯姆·索耶做首領，喬·哈珀做副首領，之後就各自回家去了。

　　天快亮的時候，我爬上小棚屋，再從窗戶爬進房間，我的新衣服上全是泥和土，我也累得要命。

　　早上，華森小姐看到我把衣服弄得那麼髒，狠狠嘮叨了我一頓。可是寡婦並沒有罵我，只是把衣服上的汙垢刷洗乾淨。她看起來是那麼難過，讓我覺得自己真得好好乖一陣子了——如果我能辦到的話。

　　我老頭有一年多沒露面了，這倒是讓我開心得很。我再也不想見到他了。他以前沒喝醉時，只要能抓到我，就會揍我一頓；雖然大多時候，我只要看到他在附近閒晃，就會躲到樹林裡去。

　　大約就在這時候，我聽說他淹死在小鎮旁那條大河的上

游，離這裡差不多十二英里遠的地方。不過我剛好知道，一個淹死的男人漂在水面上會是臉朝上，而不是背朝上，所以我可以確定，死的不是我老頭，而是一個穿著男人衣服的女人。

但這麼一來，我又覺得不自在了，我猜老頭子不久後就會找上我了。

將近一個月的時間，我時常和強盜幫在一起鬧著玩，裝裝強盜的樣子。我們每次都會從樹林裡突然跳出來，衝向那些趕豬的販子和趕著去市場賣菜的女人，結束後就到山洞裡去，吹噓自己有多厲害。

有一次，湯姆說他從間諜那裡聽到祕密情報，知道隔天有一批西班牙商人和阿拉伯的富翁要在「空心洞」紮營。他們會帶著兩百頭大象、六百隻駱駝、一千多匹滿載著鑽石的騾子，且只有四百名衛兵護送，所以我們可以設下埋伏，把他們都殺了，再把東西全搶過來。

當然，我不相信我們能打得過這一票西班牙人和阿拉伯人，可是我想看看駱駝和大象。所以第二天，當我們一接到指令，立刻跑出樹林、衝下山去準備搶劫。

可是那兒既沒有西班牙人和阿拉伯人，也沒有大象和駱駝，什麼都沒有，只有一群學校的低年級學生，在那裡舉行野餐活動。我們橫衝直撞地把學生人群衝散，把他們趕到山溝裡，但最終什麼也沒有搶到。

後來的三、四個月，我幾乎天天都去上學，已經稍微能念念書、寫寫字，還把乘法表背到「六、七、三十五」，我想，哪怕我能夠長命百歲，也沒有辦法再繼續往上背了，再說，我可不想把時間花在數學上。

一天早上，我在院子爬上梯子，翻越高高的圍牆，突然發現新的積雪上，有人的鞋印。

那鞋印是從採石場的方向過來的，根據鞋印可以看出那個人在梯子旁站過一會兒，又繞著木板圍牆走了一圈，可是沒有走進來，真是奇怪。

我打算順著鞋印追查，彎下身一看，就看出了蹊蹺：左鞋印上有個大十字架，那是用大釘子釘製而成的十字架，是用來避邪的。

當天晚上，我點上蠟燭回到房間，嘿！有個男人坐在那裡——正是我老頭！

我關好房門，轉過身去，看見他就在那兒。我以前很怕他，起初我以為我又害怕了，但是我立刻明白，我只是對於他這麼突然地出現吃了一驚，其實我根本不怕他，沒什麼好怕的。

我站在門口盯著他，他也盯著我。我把蠟燭放下，發現窗戶開著，知道他是從棚屋的屋頂爬進來的。他把我從頭到腳打量一遍，說：「這不是一個富家公子了嗎？一張床，一條被子，還有鏡子，地板上鋪著地毯呢！可是，你親老子還在製皮廠跟豬睡在一塊兒！人家說你發財了，到底是怎麼回事？」

「他們都是胡說的。」

「跟我說話可得小心點，我回到鎮上兩天了，聽見人家都說你發了財，我今天就是為這個來的，明天你把那些錢都給我拿來。老子要！」

隔天他喝醉了，跑去柴契爾法官那兒大鬧一場，逼人家把錢交出來，可是法官沒有給他。

柴契爾法官和道格拉斯寡婦一起去法院告狀，請求法院判決，讓我跟老頭子斷絕父子關係。可是新上任的法官，根本不清楚老頭子的底細，還說不願意把一個孩子從父親身邊奪走，這下子柴契爾法官和寡婦也無計可施了。

　　這個新來的法官要老頭子重新做人，還把他帶到自己家裡，給他穿好的、吃好的，對他真是好到家了！可是老頭子又犯了酒癮，喝醉酒摔斷了手臂。法官有點兒生氣，可是也拿他沒辦法。

　　老頭子養好傷又開始惹事了，他不時上法院逼著柴契爾法官交出那筆錢，而且脅迫我不准去上學。

　　有天他逮到我，把我捉到大河上游三英里遠的地方，划著小船過河來到伊利諾州，那裡有一片茂密的樹林，地方很偏僻，只有一間破舊的小木屋，我們就住在那裡。他整天看住我，我根本沒有逃跑的機會，到了晚上，他就鎖上小木屋的門，把鑰匙放在自己的枕頭下。

　　幾個月就這麼過去了。這天像往常一樣，老頭子要我跟他一起到河邊去，看看有沒有魚上鉤。我看見六月的河水漲了，好多木頭從上游漂下來。

　　我一隻眼睛注意著老頭子，一隻眼睛盯著河面上的一艘獨木舟，那獨木舟差不多十三、四英尺長，而且顯然是沒人的。

　　我急忙潛進河裡，在水下奮力追上了獨木舟，把它拖到岸邊，偷偷藏在樹叢裡。嘿！這樣等我逃跑的時候，就不用往樹林裡跑，可以直接跳上船，一口氣划到五十英里外的地方。

　　我藏好獨木舟後走了出來，四下張望，看見老頭子一個人在小徑上，拿著獵槍瞄準鳥兒，所以我剛才做了什麼他根本沒瞧見。

　　吃完早餐，我們又躺回去睡覺時，我滿腦子都在想，如果能讓老頭子和寡婦放棄找我，事情就可以一了百了。不過比起趁他們不注意溜得大老遠來說，這肯定是更需要好好策劃一番的事。

起床後，我們沿著河岸往上走，河水漲得很快，更多的木頭被沖刷下來，在河裡漂著。不一會兒，河裡漂來了一個木筏——九根大木頭緊緊捆在一起。我們划船出去，把木筏拖到岸邊後，老頭子立刻要拿去鎮上賣掉，所以他把我鎖在小木屋裡，自己划船、拖著木筏往下游去了。

　　我估計他那天晚上趕不回來，便拿出之前在屋頂夾層找到的鋸子，在木屋後牆鋸開一個洞。我猜在老頭子划到對岸之前，我就已經從鋸開的洞爬出去了。

　　我把屋裡的食物、火柴、釣竿、鍋子、毯子……只要有點用的東西，通通收拾好一起帶走。到了外頭，我撒了些土蓋住木屑，再把鋸開的木頭放回原位，如果是站在幾步遠的地方，根本看不出這裡被鋸開過一個洞。

　　東西搬上船後，我拿著獵槍找尋鳥的蹤影，卻意外撞見一隻從農場跑出來的豬，我把豬一槍打死，拖回小木屋。接著，拿斧頭劈開木門，進屋後用斧頭割開豬的喉嚨，放牠在地上流血。然後拿起一口舊布袋，裝滿石頭，蘸滿豬血，拖著沉重的布袋從豬身邊開始，拖過木門，拖過樹林，一路拖到河邊，再沉入河底。最後，那頭倒楣的豬也被我扔進了河裡。

　　我從獨木舟裡拿出一袋玉米粉，在袋子底部戳出一個洞來，扛著它從門口，穿過草地，來到一條小溪邊，沿路留下一道痕跡。再把玉米粉袋口縫上，扛回獨木舟。我不知道這條溪流向哪裡，但是我很確定它不會流入那條大河。

　　我把船槳拖進河裡，爬上獨木舟。心想，大家一定會以為我被哪個強盜殺害了，然後順著小溪去打撈我的屍體。而我呢？愛上哪兒就上哪兒。對了，我可以去傑克遜島，我對那個島很熟悉，而且誰也不會到那兒去；夜裡，我還可以偷偷划船過河，到鎮上找些我需要的東西。

第三章　逃跑求生的吉姆

　　我片刻也沒耽擱，划著船順著急流而下，很快就來到了傑克遜島。傑克遜島孤立在河水中央，島上的樹木濃密，整座島巨大、漆黑又沉穩，像一艘沒有點燈的擱淺渡輪。

　　隔天早上一覺醒來時，太陽早已高高升起，我想是八點過後了。我打算四處探險，上上下下把整座島走遍，摸清楚這裡的一草一木。當我一個勁兒往前走時，突然踩到一堆營火的灰燼。咦！那上面還冒著煙呢！

　　我大吃一驚，心臟像是要衝出喉嚨般狂跳，隨即拉下獵槍扳機，悄悄地往後退，一溜煙跑掉了。等到晚上，我看見那裡出現火光，便小心翼翼地走過去，一瞧清又被嚇了一大跳——地上竟然躺著一個人用毯子蒙著頭和身體！我連忙躲到一棵矮樹後面，偷偷盯著他，一刻也不敢鬆懈。

　　天色微亮時，毯子下的人似乎睡醒了，他打了呵欠、伸了懶腰、毯子一掀，啊！原來是華森小姐的黑奴吉姆！

　　看見他我真是高興，不禁大叫一聲：「喂，吉姆！」

　　我從矮樹後跳出來，問道：「吉姆，你怎麼在這兒？你是怎麼來的？」

　　吉姆被我嚇得跳了起來，緊張兮兮地瞪著我。他看起來很窘迫，一會兒才開口說：「我要是告訴你，你可不許說出去啊！」

　　「我要是說出去，就不得好死。」

　　「好吧！事情是這樣的：華森小姐老是找我碴，對我很凶，雖然她說過不會把我賣到紐奧良，但我老是看見一個黑奴販子在華森小姐家附近打轉，所以還是很擔心。有天，我正好偷聽到華森小姐在對道格拉斯寡婦說要把我賣到紐奧良的事，我一害怕，就趕緊溜出門逃走了。」

就這樣，黑人吉姆和我便在傑克遜島住了下來，日子過得逍遙又自在。

　　一天晚上，河面上漂來一間歪歪斜斜的木造房子，我們划著獨木舟靠過去，從屋子樓上的窗戶爬了進去，可是一片漆黑，什麼也看不見，我們只能先繫好獨木舟，等天亮了再說。

　　當天開始微微亮起，我們從窗口往屋子裡瞧，發現屋角地板上好像躺著一個男的。

　　吉姆說：「你別動，先讓我去瞧瞧。」他走過去，彎下身，仔細檢查後說：「他死了，被人從背後開槍打死的，估計死了有兩、三天了。」吉姆從旁邊抓了幾件舊衣服，蓋住屍體的臉，才叫我進屋去。

　　房子地板四散著紙牌，還有威士忌酒瓶。我們找到一盞舊的白鐵皮燈、一把鐵柄割肉刀、一把嶄新的大折疊刀、還有幾根牛油蠟燭、一個白鐵燭臺、一個葫蘆瓢、一個白鐵杯子、一把斧頭和一些釘子。

　　等我們把東西全搬進獨木舟，天色已經大亮。幸好，我們一路上沒遇見任何人，平平安安回到了島上。

　　一天早晨，我覺得日子太沉悶，想著要不要溜到對岸打聽消息，吉姆也贊成這個主意，拿出花布衫幫我喬裝，又讓我戴上遮陽的大草帽，在下巴繫上帶子，還叮嚀我扮女生要有女生的樣子。

　　天一黑，我就駕著獨木舟沿伊利諾州的河岸往上划，橫過大河來到小鎮下方，把船拴好後上了岸。有一間小茅草屋裡點著燈，我輕手輕腳溜過去，偷偷從窗戶往屋裡瞧：一個四十多歲的女人坐在松木桌邊，在燈光下織著毛衣。她的臉很陌生，應該剛搬來沒多久，真走運。我敲了敲門。

　　「進來吧！」那個女人對我說：「請坐。」

　　我坐下後，自我介紹：「我叫莎拉‧威廉士，家住胡克維爾，離這兒七英里遠的地方。我一路走來，累壞了。」

　　「你餓了吧？我去拿點東西給你吃。」

　　「不了，我休息一下就走。」

　　不一會兒，她就聊起了我老頭和謀殺的事情。她說到我和湯姆‧索耶找到那一萬兩千塊錢的事情，也說到我那老頭是多麼討厭的傢伙，最後說到了我被人謀殺的事情。我趕忙問：「那凶手是誰呢？是誰把哈克貝利‧費恩殺死的？」

　　「唔，有人猜是老費恩。」

　　「不會吧！是他嗎？」

　　「也有人猜是一個最近逃跑的黑奴，那傢伙的名字叫吉姆。」

　　「啊！為什麼？他……」

　　「那個黑奴就是在哈克貝利‧費恩被殺死的那天夜裡逃跑的。警方懸賞捉拿他——三百塊錢；另外還懸賞捉拿那個老費恩——兩百塊錢。」

　　我急忙告別她，匆匆走到停船的地方。一跳到船上，便用盡全力往回划。回島上後，鑽進林子，看見吉姆正躺在那兒呼呼大睡，我大喊：「快起來，別睡了！吉姆，他們在追捕我們，我們得快跑！」

　　吉姆什麼也沒問，但肯定被嚇得半死，看他拚命收拾東西的樣子就知道了。約莫忙了半個鐘頭以後，我們把所有的東西都搬上藏在水灣裡的木筏，然後就撐著木筏，在樹影下無聲無息地前進，默默離開了傑克遜島。

　　在大河上漂流好幾天後，我們第五天夜裡碰上了一場暴風雨，白茫茫的大雨一片一片地往下澆，一道閃電劈下，霎時把河面照得光亮，清楚可見我們置身的寬直大河，以及高聳的懸崖峭壁，讓人覺得很恐怖。

閃電消逝的瞬間，我看見一艘觸礁的小蒸汽輪船，歪斜地躺在河中，船舷還有一部分露出水面。

　　我的好奇心又犯了，想到船上去看看，吉姆不想，埋怨了幾句，但還是被我說動了。當另一道閃電照亮破船時，我抓住右舷上的吊車，把木筏拴在那裡。

　　我們爬上破船，在黑暗中摸索到船長室門前，突然聽見一陣低沉的聲音，有人哭喊：「喔，弟兄們，饒了我吧！我發誓絕對不會說出去的。」

　　「吉姆·特納，你又在說謊騙人了。少來這一套，我看你這回肯定要倒大楣了！」

　　這時候吉姆已經嚇得往木筏那邊退回去，我卻好奇得要命，心想：要是湯姆·索耶在這，他絕不會退縮不前的，那我也得看看到底是怎麼回事。

　　於是我趴在狹窄的通道上，手腳並用地往船尾爬去，這時我瞧見那兒有一個人躺在地上，手腳都被捆著，旁邊站著兩個人，其中一人拿著槍對準地上那人的腦袋，另一人手裡提著一盞昏暗的煤油燈。

　　躺在地上的那個人嚇得縮成一團，他顫抖著說道：「畢爾，畢爾，求求你，饒了我吧！我絕對不會說出去的。」

　　手提煤油燈的人哈哈大笑，他說：「你當然不會說出去嘍！我敢說，你這輩子還沒說過比這更可靠的話，可是你再也別想騙誰了！把手槍收起來吧，畢爾。過來，我有話要跟你說。」

　　他們走進特等艙，我聽見那人說：「我們必須要趕快收拾好，搭救生船到岸上把東西藏起來。至於吉姆·特納，反正這條船不出兩個鐘頭，就會四分五裂，到時候讓吉姆自己淹死，比我們把他殺了要好，他只能怨他自己，可怨不了我們。哈哈！」

隨後他們就走了。我溜回竹筏，嚇得渾身冒冷汗。我壓低嗓子喊道：「吉姆！」誰知他就在我身邊，哼了一聲當作回應。

我急忙說：「吉姆，趕快！那裡面有一幫殺人凶手，咱們得早一步放走那艘救生船，把他們全部困在這兒，再叫警察來抓他們。快！趕快！我從左邊找，你往右邊木筏那兒找起。咦，木筏，木筏呢？我的老天啊，木筏被沖走了！」

我嚇得喘不過氣來，差點暈倒，我們竟然跟這些殺人凶手一起困在這條船上！現在，為了自己，我們非得先找到那條救生船不可了。

我和吉姆偷偷往船尾走去，終於，模模糊糊地看到一艘小船的影子，謝天謝地！正當我打算走近救生艇的時候，船艙門開了，一顆腦袋從裡面探了出來，我立刻止住腳步，只見那人又縮了回去，說：「畢爾，把提燈拿走！別被人看見了！」他把一袋東西扔到救生艇上，隨後爬進船裡坐下，畢爾也跟著上了船。

那人又低聲說道：「等等！你有搜過那傢伙身上的東西嗎？」

「沒有，你呢？」

「我也沒有。這麼說來，他身上還有錢呢！」

「咱們得把錢拿走。」

他們又離開了小船，往船艙裡去。我馬上跳上小船，吉姆也慌慌張張地衝了上來，我急忙拿出刀子，把連接大船的繩索割斷，然後與吉姆死命地划船逃走。

河面上大雨滂沱，過了好長一段時間，雨才止住，烏雲卻沒有散開，雷聲依然轟隆，天上的閃電照亮前方，我們看見遠處漂著一個黑漆漆的東西，趕緊追了上去，那正是我們的木筏。在更遠處，又出現了一點燈光，真是太好了！

我們把船上的贓物胡亂堆到木筏上後，我要吉姆乘著木筏順流而下，到了大約兩英里遠的地方就點上一盞燈等我過去；而我繼續划著小船，朝前方的燈光靠過去。

　　那是一艘點著燈的船。我看見一個看船的人，腦袋垂在兩個膝蓋中間睡著了。我推推他的肩膀，放聲大哭。他驚醒後問我怎麼回事，我哽咽著說：「我的爸爸、媽媽，還有姐姐，都在後面那條大船上，你快去救救他們吧！」

　　「老天啊，我這就去叫人開船。」他轉身進入船艙，我立刻跳回小船，往上游划了一段距離，然後停下來，想等這艘救人的船出發，我再放心離開。

　　可是過了一會兒，那艘載了殺人兇手的破船居然就黑糊糊地、歪歪扭扭地漂來了。我心裡打了個冷顫，趕緊朝它划過去。

　　破船已經下沉得很厲害，就算船上還有什麼人，估計也很難有生還的機會。我繞著它划了一圈，又扯開嗓門大叫了一陣子，但是沒有人回應，我心裡覺得有點難受。隨後，我就看見求助的船行駛而來，於是趕緊把船頭一歪，將小船划開，順著大河而下，使勁地划著槳。

　　划了好長好長的時間，我才看到吉姆點亮的燈。等我划到吉姆那兒，東方已經漸露魚肚白。所以我們朝一座小島划去，靠岸後把木筏藏在隱密處，又將小船沉入河裡，然後兩人往樹叢裡一鑽，就像死人一樣睡著了。

第四章　國王與公爵登船

　　我和吉姆的目的地是位在伊利諾州盡頭的卡羅鎮，俄亥俄河就在那兒流進密西西比河，我們打算到那裡先把木筏賣掉，搭上小蒸汽輪船，再順著俄亥俄河往上走，前往不買賣黑奴的自由州。

　　一天深夜，在一片濃霧之中，河面上忽然駛來一艘蒸汽輪船。我和吉姆連忙把燈點上，好讓船上的人瞧見我們。我們聽到大船轟隆轟隆地開過來，可是直到逼近眼前才終於看清楚，它正朝著我們直衝而來！

　　船上有人衝我們大嚷，還有胡亂的叫罵聲，機器停止運轉的響鈴聲，以及汽笛鳴聲大放的聲響。吉姆跳下木筏鑽到水裡，我也趕忙從另一邊潛下水，就在這一刻，蒸汽輪船直挺挺地朝木筏衝了上來，頃刻間把它撞個粉碎。

　　我大聲嚷著找吉姆，可是沒有得到任何回應。我一面踩著水，一面抓住一塊木板，推著它往岸邊游去，好不容易爬上了岸。眼前只有一條短短的路，我摸索著走了四分之一英里，來到一幢雙排的木造大房子前。

　　我正想繞過去，一大群狗突然跳出來，衝著我狂吠，我只好站住不敢亂動。

　　一分多鐘過去，有個人從窗戶往外頭喊：「是誰？」

　　我說：「是我。」

　　「『我』是誰呀？」

　　「喬治・傑克遜，先生。」

　　「你有什麼事嗎？」

　　「沒什麼，先生，我只是路過這裡，可是這些狗把我攔了下來。」

　　「深更半夜的，你偷偷摸摸的要幹嘛？」

「我並沒有偷偷摸摸，先生，我只是從蒸汽輪船上掉進水裡了。」

「啊！是這麼回事啊！誰幫忙劃根火柴吧！你說你叫什麼名字？」

「喬治·傑克遜，先生，我還是個小孩子呢！」

「那麼，喬治·傑克遜，你認識謝伯遜他們嗎？」

「不認識，先生，從沒聽說過。」

我才踏進門，老先生立刻把門鎖上，還插上門閂，叫上兩個年輕人帶著槍與我們一起往裡頭走。隨後走進一間大客廳，他們舉起蠟燭，把我仔仔細細地看了一遍，最後大家才說：「的確不是謝伯遜家的，他的樣子一點也不像。」

然後，一個個子比我要大一些，年紀跟我相仿——大概十三、四歲左右——名叫伯克的年輕人，帶我到飯廳去。他們招待我吃東西，我邊吃邊跟他們聊天，把自己的故事又瞎編一次，說姐姐跟人家跑了，爸爸也死了，自己搭船掉到了河裡。於是他們跟我說，只要我願意，儘管把這裡當成自己的家，愛住多久就住多久。

沒過多久，我就認識了格蘭紀福一家人。格蘭紀福上校是一位紳士，渾身都是紳士派頭，他家裡的人也一樣。除了小兒子伯克，還有大兒子巴布和二兒子湯姆——兩個哥哥都是高個子，長得很英俊，寬寬的肩膀，古銅色的臉龐，頭髮又長又黑，眼睛炯炯有神，穿著一身白麻布衣服，頭上戴著寬邊巴拿馬草帽。

另外還有夏樂蒂小姐，二十五歲，個子很高，樣子很驕傲，看起來不太好惹，但是長得挺漂亮的。妹妹蘇菲亞小姐也很漂亮，但是跟姐姐不一樣，她看起來既溫柔又可愛，像一隻鴿子，她才二十歲。

格蘭紀福先生擁有很多田地和一百多個黑奴，家裡排場

很大，派頭十足。離格蘭紀福一家不遠的地方，還有一些有錢的人，他們大多姓謝伯遜。

有一天，伯克和我在樹林裡打獵，忽然聽見一匹馬跑向我們，伯克說：「快！跳進樹叢裡去！」

我們躲在樹叢裡向外張望，不一會兒，只見一個年輕人騎著馬飛奔而過，他的樣子很神氣，像個軍人似的，把槍橫在馬鞍前頭。

「我見過他，他叫哈尼‧謝伯遜。」這話才說完，槍聲就在我耳邊響起，哈尼頭上的帽子瞬間就被彈飛了。他拿起槍，勒馬回頭朝我們躲藏的地方衝來，我們拔腿就跑，一口氣跑回家，一刻都不敢停。

「伯克，你剛才是打算射死他嗎？」

「嗯。」

「他得罪你了嗎？」

「他嗎？他沒得罪過我。」

「那你為什麼要開槍射他？」

「哼！也不為什麼，就因為我們兩家是冤家，三十年前就是了。」

「很多人被打死了嗎？」

「是啊！經常有人喪命。爸爸身上就有幾顆子彈沒取出來，巴布被獵刀刺傷了幾處，湯姆也受過一、兩次傷。」

我出門走到河邊，心裡想著這兩家的恩怨。一個黑奴跑過來，說要帶我去看水花蛇，我跟著他走了半英里路，又在水深及踝的池塘中跋涉了半英里遠，最後看見一塊平地，那兒的地是乾的，還長了茂密的大樹、小樹和藤蔓，看著好像還有一個人在那裡睡著了——哎呀！天哪！這不是我的老吉姆嗎？

吉姆醒來後看見我時，並沒有我預料中的吃驚。

只聽他說：「那天我受了點傷，不像你游得那麼快，很快就落後了。我看見你爬上岸，後來聽見你在跟屋子裡的人說話，可是一下子又沒有了聲音，我想你大概順利進到屋裡去了，所以就先往樹林裡頭走，等待天亮。第二天清早，有幾個黑人要下田幹活，從我身邊經過，看見我，就領我到這個地方。這裡隔著一片池塘，狗不會聞到我的味道，他們給我送吃的，還把你的情況告訴了我。」

　　「你怎麼不早點叫他們帶我到這裡呢，吉姆？」

　　「我還沒準備好之前不會去打擾你的。現在可行了，我買了些鍋子、盤子還有一些吃的東西，晚上的時候就修理那個木筏，後來……」

　　「哪個木筏？」

　　「就是我們之前那個木筏啊！它沒被整個撞碎，只是撞壞了一些地方，倒是木筏上的東西差不多都沒了。不過我已經把它修好，搭了一個小帳篷，也補齊了必需的物品。」

　　我不想多談第二天發生的事，簡單來說，就是蘇菲亞小姐偷偷離家，跑去跟哈尼・謝伯遜那個年輕小夥子結婚，格蘭紀福家的人不肯善罷甘休，把親戚都叫來，帶上槍、騎上馬，去攔截他們，還打算殺死那個年輕人。一片混戰中，伯克被槍打中，喪了命。我哭了好一會兒，因為他真的對我很好。

　　這天，天才剛黑，我沒有回格蘭紀福家，而是直接往池塘走，去找吉姆。吉姆見到我很高興，我們沿著河岸走到停放木筏的地方，木筏已經被吉姆整理得煥然一新。

　　我們撐著木筏順流而下大約兩英里，直到密西西比河中間，才真的放下心來。隨後，我們把信號燈掛起來，吉姆拿出一些玉米餅和乳酪，還有豬肉、包心菜和青菜，我們邊吃著晚飯邊聊著天。

　　我們說，其他地方住起來就是彆扭又煩悶，怎麼比得上把木筏當成家呢？在木筏上，你會覺得天大地大，多自由又痛快啊！

　　一早天快亮時，河上漂來一條獨木舟，我坐上它就往河岸划，再順著一條柏樹林夾岸的小溪，就這樣往上划了大約一英里。

　　忽然，我看見兩個人在一條小徑上拚命往這邊跑，我想這下肯定完蛋了。現在只要看到有人朝我跑來，我就直覺地認為他在追捕我，要不就是吉姆。

　　我打算趕緊開溜，可是他們一路朝我逼近，大聲叫嚷著求我救他們，說後頭的人和狗就要追上來了，才說完就想跳上獨木舟，我趕緊說：「等等！我還沒聽見人和狗追趕的聲音，你們還來得及沿河岸往前跑一小段路，再從那兒涉水爬上船來，這樣一來，那些狗就聞不到味道，也就找不到你們了！」他們照做了。

　　等他們一上船，我立刻划著獨木舟開溜。不到幾分鐘的時間，就聽見狗吠和人聲，但沒見他們現身，他們似乎停在那邊瞎找了一陣。我們繼續往前划，越划越遠，漸漸聽不見他們的聲音。等我們把一英里長的柏樹林甩在後面，划進大河時，才確定自己平安無事了。

　　新來的這兩個傢伙，一個大概是七十來歲的禿子，長著灰白的落腮鬍，頭上戴著一頂舊寬邊毛氈帽，身上穿著一件弄髒的藍色羊毛衫和一條破舊的藍色粗布褲子，褲腳套在靴筒裡。他手臂上還掛著一件粗藍布的舊燕尾服，上面釘著漂亮的銅鈕扣。另外那個傢伙三十來歲，穿得也很寒酸。他們兩人都帶著又大又鼓的絨氈做的破手提包。

　　回到木筏上聊天了一陣，我才知道，這兩個一起亡命天涯的傢伙，竟然彼此不認識。

「人家為什麼要追你啊？」禿頭問另一個傢伙。

「唉！我在賣一種去除牙漬的藥，有效是有效，可是老把牙齒表層也一起弄下來。唉！我早點開溜就好了！不該在那兒多待一夜的。後來我在逃跑的路上，就碰上你了，就這麼回事。那你呢？」

「唉！我原本在布道會宣傳戒酒，宣傳了一個禮拜，老老少少都很歡迎我。我也掙了不少，一個晚上就有五、六塊錢。後來不知怎麼的，有謠言說我老是偷偷喝酒解悶。今天早上一個黑奴把我叫醒，說大夥兒把狗和馬都預備好了，他們打算過來抓我，要給我抹上柏油、黏上雞毛，把我綁在棍子上受罪。我一聽，連早餐都沒吃就溜之大吉了。」

「老頭兒，」年輕的說：「我看我倆還算合得來，一起做點事吧！你覺得如何？」

「我不反對，不過，你是做哪一行的？」

「我本行是在報社當印刷工人，也做點兒藥品生意，還當過演員──專演悲劇，偶爾也玩點催眠術，摸摸骨相什麼的，再有空就去學校教唱歌和地理，換換口味和環境，有時候我也會給人演講。我做的事情可多了呢，有什麼工作找上門，我就去做。你又是做哪一行的？」

「我年輕的時候有很長一段時間都在幫人看病，按摩是我屬害的手藝，專治毒瘤和中風這些毛病。如果有人跟我合作，替我先把人家的底細探查清楚了，那我算命也算得上神準。傳教也是我的本行，我可以在野外開布道會，還能到處講道。」

「各位，」年輕的那個突然一本正經地說：「我要告訴大家一個祕密，因為我認為你們值得信任。其實，若要追溯我的祖先，我還是一個公爵哩！」

吉姆一聽這話，眼珠子都鼓出來了，我想我也一樣，隨

後禿頭就說：「我呸！你說的是真話嗎？」

「是真的！」年輕的那個辯駁了一番。

大意是，他的曾祖父是布利吉華德公爵的長子，上個世紀末來到美國，在這兒結婚生子，沒多久就死了，留下一個兒子，還是個嬰兒。老公爵也在那時過世，但爵位和遺產都被他二兒子給奪取，應該繼位的娃娃公爵，才會什麼都沒得到。而他是娃娃公爵的嫡系子孫，應該是名正言順的布利吉華德公爵呢！

聽完這些，那個禿頭半天不吭聲，好像有心事似的，過了半晌後，他說：「喂，不吉利華德，我真替你難過，但是這麼倒楣的可不止你一人哪！」

「是嗎？」

「不吉利華德啊，站在你面前的這個人，正是法國王太子啊！」

「啥？你是啥？」

「真的，一點兒不假，我就是可憐失蹤的王太子，路易十七，也就是路易十六和瑪麗・安托瓦內特的兒子。」

「你呀！瞧你這年紀，不對啊！你大概是想說，你是古代的西羅馬皇帝查理曼吧？我看你至少應該有六、七百歲了唷！」

「不吉利華德啊，咱們說不定要在這木筏上相處很長的時間，講話這麼酸溜溜的，傷了感情對你有什麼好處？你沒有當上公爵，不能怪我；我沒有當上國王，也不能怨你。那又何必這麼難受呢？隨遇而安吧！咱們能在同一艘船上也不壞啊！吃的東西有的是，日子也過得逍遙自在，算了啦！公爵，我們握握手吧！大夥兒交個朋友。」

公爵照辦了。吉姆和我都很高興，因為木筏上要是有人起衝突，可是大家都倒楣呢！

其實，我心裡有數，這兩個傢伙根本不是什麼國王、公爵，只不過是兩個無賴加騙子，可是我什麼也沒說，故意裝作不知道，這樣才不會跟人起爭執，惹出什麼亂子。

　　如果真要說，我從我老頭那兒學到了點什麼，我想至少是學會了跟這類人打交道最好的辦法，就是讓他們愛怎樣就怎樣，別招惹他們就對了。

第五章　國王布道會

　　大河灣以下三英里處，有一個巴掌大的小市鎮。公爵說他要去鎮上辦件事，國王說他也要去，看看能不能到鎮上撈點錢。剛好我們的咖啡喝完了，所以吉姆說我最好跟他們一塊去，好買點咖啡回來。

　　我們到鎮上一看，發現街上根本沒有人，空蕩蕩的。一個院子裡的黑人告訴我，大家都到兩英里外的樹林裡參加布道會了。國王把路線打探清楚，決定上那兒，在布道會上好好施展一番，他說我也可以跟著去。

　　公爵說他要找間印刷所，我們在木匠鋪子樓上找到了一處，門沒有上鎖，工人們都去參加布道會了，裡面環境又髒又亂，牆上到處是一塊塊的油墨，還貼滿了傳單，上面印著一些馬和逃跑的黑奴。公爵脫下上衣，準備開始工作，我就跟著國王去了布道會。

　　布道會在一個棚子底下舉行，棚子很大，容得下一大群人，我們看見牧師正領著大家唱讚美詩。突然，國王跑了過去，只見他衝上講臺，牧師邀請他給大家說點話，然後他就說開了。

　　他說，他在印度洋上當了三十年的海盜，船上那幫人在打鬥中死了不少人。這次回來老家，原本打算再招募一批船員，可是昨晚他遭人搶劫，身上連一毛錢也沒了。

　　不過，這是他這輩子遇過最走運的事，因為他已經浪子回頭、改邪歸正。他決定立刻動身，用自己的餘生規勸其他海盜，叫他們走上正途，並對他們說：「你們不用謝我，我沒有什麼功勞。你們要謝，就謝巴克維爾布道會上的那些兄弟姊妹吧！還有在那兒講道的牧師，他真是海盜們最難能可貴的朋友啊！」

他說完就哭了起來，大夥兒也被感染得紛紛擦眼淚。隨後就有人大聲吆喝：「幫他湊點錢吧！幫他湊點錢吧！」大家都同意這麼辦，牧師也認可。於是，國王拿著帽子在人群中走著，一面擦眼淚，一面恭維、祝福人家。

後來，回到木筏上的時候，他把募來的錢數一數，總共有八十塊七毛五分錢。公爵呢，本來以為自己進帳不少，但看到國王的收入後就不這麼想了。他在印刷所幫人排版，賺了四塊錢。另外他還代收了四塊的報紙廣告費，以及三個訂戶的報款四塊半，還說那是他規規矩矩工作一天賺來的。

然後他把另外印的一張傳單拿給我們看，這是他免費為我們做的。那傳單上印著一個扛著包袱逃跑的黑奴，圖片底下印著「懸賞兩百元」。那上面印的就是吉姆，簡直分毫不差。傳單上寫著：「吉姆去年冬天從紐奧良南部四十英里處的聖賈克農場逃走，誰把他抓到送回原主，就能領到兩百元獎金和一路的花費。」

公爵說：「好了！過了今晚，只要我們願意，白天也可以趕路了！我們只要看見有人過來，就可以拿繩子把吉姆綁起來，再拿這張傳單給人家看，就說我們是在大河上游抓到他，可是因為太窮，搭不起蒸汽輪船，只好向朋友借錢買了艘木筏，要坐到下游去領這筆懸賞獎金。」

我們沒有靠岸，一直乘著竹筏往前漂行。有天吃過早飯後，國王在木筏的一個角落坐下，脫掉靴子，捲起褲腳，把腿伸進河水裡晃蕩著，看起來很舒服。隨後他點起煙斗，背誦《羅密歐與茱麗葉》的臺詞，等他稍微背熟之後，就跟公爵一起排練。

後來，公爵找機會印了幾份演出用的海報。我們在大河上又漂流了兩三天，木筏上非常熱鬧，因為一天到晚盡是鬥劍、彩排等活動，就像公爵說的「簡直沒完沒了」。

　　一天早上，我們來到阿肯色州的一個小鎮，在離小鎮上游大約四分之三英里的地方，我們將木筏靠岸拴好，留吉姆一個人，其餘的人坐上獨木舟，划往那個小鎮，想看看有沒有機會靠演出撈一筆。

　　我們的運氣真不錯，當天下午，有一個馬戲團在鎮上演出，所以聚集了很多人。馬戲團還沒天黑就會離開，正好給我們一個絕佳的機會演出。公爵租下場地後，我們便四處張貼海報。海報上寫著：

莎士比亞名劇重演！

精彩絕倫！僅此一晚！

倫敦特勒雷巷劇院世界著名悲劇演員

小但丁・賈里克

倫敦皇家草市大戲院和皇家大陸劇院的

老埃特豪特・基恩

連袂演出莎士比亞經典劇碼：

《羅密歐與茱麗葉》之「陽臺情話」一幕。

羅密歐 —— 賈里克先生

茱麗葉 —— 基恩先生

全新服裝、全新布景、全新道具共同呈現！

外加演出：

名劇《理查三世》之「鬥劍」場面

絕世奇觀，驚心動魄！

理查三世 —— 賈里克先生

里士滿 —— 基恩先生

即將再應邀赴歐洲表演！僅此一晚，逾時不候！

入場券每張二角五分，兒童、奴隸優惠一毛。

貼完海報後，我們就在鎮上各處閒逛。快到中午時，街上的大篷車和馬匹從四面八方湧入小鎮。

　　許多家庭會帶著午飯在大篷車裡吃，不少人都在喝威士忌，還有些人在打架，單就我看到的就有三起，另外有些人在大聲唱歌：「老伯格斯來啦！從鄉下來，照老規矩，每個月來小醉一回——他來啦！」

　　街上的人一個個眉飛色舞，我猜他們準是習慣拿伯格斯尋開心，其中一個人說：「不知道他這回要槓上誰？要是這二十年他把所有被他槓上的人都收拾掉的話，現在肯定能耀武揚威。」

　　另一個人說道：「我倒希望伯格斯可以槓上我，這樣一來，就算再過一千年我也死不了！」

　　伯格斯騎著馬飛奔而來，擺著印第安人的架勢，衝著大夥兒吼道：「讓開，快給我把路讓開，我是來打仗的，棺材要缺貨啦！棺材要漲價啦！」

　　伯格斯是個五十多歲的老人，他喝醉了，在馬鞍上東倒西歪，滿臉通紅。大夥兒都朝他嚷嚷，衝著他笑，或說些咒罵的話，他也回嗆，說他一會兒就會來收拾大家，現在他沒工夫，他是來取老舍本上校老命的。他的人生信條是：「吃肉要緊，餐後甜點再慢慢享用。」

　　伯格斯騎著馬在鎮上最大的一家店鋪停了下來，他彎下身子，從門口的布簾探頭朝裡面張望，大叫道：「舍本，你給我出來，有種你就出來會會被你騙光錢的人吧！你這個騙子，老子今天來就要取你這條狗命。」他不停地謾罵，把可以罵人的話都用上了。

　　整條街上擠滿了人，大夥兒聽著他罵，一邊笑，一邊起鬨。終於，有個人從店鋪裡走出來，是個五十五歲左右的男人，穿得很講究、很氣派。看見他出來，大夥兒紛紛往兩邊

退，讓路給他。

舍本上校語速緩慢，一字一句地對伯格斯說：「我已經受夠了，你給我聽好，我再忍你一會兒，過了一點鐘，你還繼續罵我的話，可要當心了！就算你逃到天涯海角，我也不會放過你的！」

說完，他就回到店鋪裡。看熱鬧的人一片鴉雀無聲，沒人再鼓噪。伯格斯騎馬離開，一路上喋喋不休地碎念著，可不一會兒，他似乎改變了主意，掉過馬頭又回到店鋪前，衝著裡面不停叫囂。旁邊的人都勸他不要罵了，因為離舍本先生說的一點鐘，只剩下十五分鐘了。但是他聽不進去，還把帽子扔進爛泥裡，騎著馬從上面踩過。

方才跟他說過話的人，都好心勸他從馬背上下來，這樣他們就能把他關起來，讓他醒醒酒。也有人大喊：「快叫他女兒過來，他會聽她的！」可是，伯格斯繼續發著酒瘋，更加肆無忌憚地咒罵著舍本先生。

突然，有人喊道：「伯格斯！」

我也跟著所有人轉頭看過去，舍本上校動也不動地站在大街中央，右手舉著一枝手槍，但他沒有瞄準伯格斯，而是將槍口朝上對著天空。看到槍，原本聚在伯格斯身邊的人們馬上一哄而散。

只見舍本上校把槍口擺平，將兩個槍筒上了膛，伯格斯舉起雙手說：「天啊！別開槍！」可是已經遲了，砰！第一顆子彈擊中伯格斯，他跟跟蹌蹌地往後退，雙手無力地在空中亂抓。砰！第二聲槍響炸開，他被澈底擊倒了，身體重重向後摔，雙臂張開。

這時，一個大約十六歲的年輕女孩慘叫一聲，飛奔過來撲倒在伯格斯的身上，一邊哭一邊說：「天哪！他把我爸爸殺死了，他把我爸爸殺死了！」

看熱鬧的人又從四處聚攏過來，他們推推搡搡、伸長脖子，想看個究竟。舍本上校把手槍往地上一扔，轉過身，走開了。

伯格斯被抬到一個小藥房裡，他最後喘了十來口長長的氣，就死了。大家把撲倒在他身上的女兒拉開後，就開始商量，說應該把舍本抓來處以私刑。

說話間，大家又群情激昂，一窩蜂朝舍本家去，準備找舍本算帳，替伯格斯報仇。

就在此時，舍本走了出來，手裡拿著一枝雙筒槍，從容不迫地站著。面對這樣的氣勢，剛才亂哄哄的人群，又像潮水一樣退開。

舍本挖苦道：「你們居然也想動用私刑懲罰人，真是笑話！你們怎麼會覺得自己有這麼大膽子，竟敢來要一個好漢的性命！不要以為你們敢欺負那些外地來的、無依無靠、無親無友的女人，給她們抹柏油、貼雞毛，就以為自己有膽量來對付一個好漢。我難道還不清楚你們這些人嗎？個個都是膽小鬼，你們本來是不敢來的，一般人都不愛惹麻煩、冒風險，但是只要一個人有點膽子起了鬨，你們就不敢不來，因為你們不想讓別人知道自己是膽小鬼！現在，你們滾吧！把你們當中那個有膽起鬨的半個好漢也給我帶走。」他一邊諷刺地說，一邊把槍往上舉，扣著扳機。

所有人迅速往後退，馬上往四面八方逃跑了。我也不願意再待下去，跑到馬戲團那兒去。趁著看守的人沒注意，我從帳篷底下鑽了進去。天哪！那馬戲團的表演真是精采，好看極了！

當天晚上，我們的戲劇也上演了。可是整個晚上只來了十二個人，剛好抵消我們的開支。

剛開始，觀眾們看著這齣悲劇，哈哈笑個沒完，簡直要

把公爵氣瘋了。後來表演都還沒結束時，觀眾就陸陸續續離開，只剩下一個睡著的小孩。

公爵大罵這些阿肯色州的土包子，根本不配看莎士比亞的戲劇，他們只配看趣味低級的滑稽戲，或者，可能連看滑稽戲都不夠格。但是公爵還說，他已經瞭解這些土包子的口味了。於是，隔天早上，他拿來一些大包裝紙和油墨，畫了幾張海報，貼在小鎮的各個角落。

海報上寫著：

法院大廳，只演三晚！
全球著名悲劇明星
小大衛‧賈里克
與倫敦及歐洲大陸各大戲院演員
老愛德曼‧基恩
主演驚人的悲劇
《國王的駝豹》！
又名《皇家寵物》！
票價每張五毛！
婦女及兒童不宜觀看，謝絕入內！

「你等著看吧！」公爵說：「如果有了最後這行字他們還不來的話，那我真的是不懂阿肯色人的口味了。」

肆無忌憚地大笑吧！
任何能讓你會心一笑的事物皆毋須感到後悔。

Laugh uncontrollably and never regret anything that makes you smile.

馬克・吐溫
Mark Twain

第六章 《皇家寵物》公演

公爵和國王忙了一整天，布置舞臺，懸掛布幕，弄了一排蠟燭當舞臺燈。

當天晚上，法院大廳很快就擠滿了人，直到再也擠不進任何人的時候，公爵走上戲臺，發表了一番小小的演說。他大肆誇獎即將演出的悲劇，並稱讚它是有史以來最激勵人心的好戲，同時吹捧了一下這齣戲的主角老愛德曼·基恩。

吊足觀眾的胃口之後，他把布幕向上一拉，只見國王蹦蹦跳跳地走出舞臺，全身塗著一圈圈五顏六色的條紋，像彩虹一樣鮮豔，再加上其他的裝扮，看起來根本是胡鬧，不過好笑極了！觀眾們捧著肚子哈哈大笑，都樂瘋了！

國王在臺上嬉皮笑臉地跳了一會兒，就退回了後臺。可是觀眾們又是掌聲又是歡呼的，國王只好重新回到臺上，把剛才的動作又表演一遍。

可是觀眾們還沒看夠，又大叫著讓他再表演一次。說真的，這個老傻瓜的精采表演，就算是一頭牛看了都會哈哈大笑哪！

最後，公爵放下布幕，對觀眾們一鞠躬，並且宣布這齣偉大的悲劇，只能在這裡再演兩個晚上，因為接到倫敦方面的邀請，倫敦特勒雷巷戲院的座位也早就被預訂一空了。接著，他又朝大家鞠躬，說如果大家對演出滿意，還請他們多加宣傳，請親戚朋友們都來欣賞。

有些觀眾喊道：「什麼？這樣就演完了？」

公爵說是的，沒有別的了。這下子觀眾可氣炸了，他們紛紛大呼上當，要往戲臺上衝。不過這時候，有個相貌堂堂的高個子男人跳到一條長凳子上，大喊：「先生們，請先別動手，讓我說幾句話。」

他說：「是啊！我們都上當了，可是，如果鎮上的人知道我們受騙，我們肯定會被他們嘲笑一輩子。千萬不能讓這樣的事發生啊！不如這樣，我們出去大聲誇讚這齣戲好看極了，把其他人都騙來看，這樣大家就同在一條船上了。你們說對嗎？」

「對，對極了！」其他人大聲附和。

「那就這麼辦！回去以後，我們誰都不許提這回受騙的事，只管勸大家來看這齣戲！」

隔天，鎮上對前晚戲劇演出的評價全是讚美之詞。到了晚上，大廳又再度爆滿，我們如法炮製，又把大夥兒騙了一次。

第三個晚上，大廳又被擠得水泄不通。但是這一次，我看得出來，觀眾們全是第一天和第二天來過的人。我和公爵一起站在門口剪票，發現每個進場的人，口袋裡都塞得滿滿的，衣服裡面也鼓鼓的。不用搜身我就知道，那裡面裝的絕對不是什麼香料，我聞到了臭雞蛋和爛白菜的味道。如果有人跟我說他把死貓也帶進來，我肯定也相信。我數了數，一共有六十四人進場。

等大廳再也塞不下人的時候，公爵遞給某個人兩毛五分錢，請他幫忙看顧剪票口一會兒，自己轉身往舞臺走去，我也緊跟在後面。

當我們走到拐彎處的時候，在一片漆黑中，公爵突然跟我說：「我們現在得快跑，就像後面有鬼在追一樣，往木筏那邊跑，快點離開這棟房子，快！」

我照做了，跟著他一塊逃命。我們幾乎同時跑到木筏那兒，馬上解開木筏繫繩，往下游划去，四周一片寂靜，河面上伸手不見五指。

我正在想，可憐的國王估計要被觀眾們揍一頓了，就看

見國王從雜物堆裡鑽了出來，說：「嘿！公爵，我們今天這場戲如何啊？」原來，他今天根本就沒有到鎮上去。

直到遠離那個小鎮十英里外的地方，我們才敢點燈、吃晚飯。一路上，國王和公爵談起他們如何戲弄那群觀眾，笑得連骨頭都要散了。

隔天，天快黑的時候，我們在河中一個小沙洲靠岸，正好河的兩岸各有一個村莊，公爵和國王商量再去那兩個村莊行騙。他們打算再試試《皇家寵物》的表演節目，因為這個把戲很賺錢，可是他們又覺得不安，擔心上游的消息已經傳到這兒來了。

他們一時無法做出決定，公爵說他要先躺下來想兩個鐘頭，看看如何在這兩個村莊再大賺一筆。國王說：「不如就說我們是從聖路易或辛辛那提來的，不然說個別的大城市也行。我們去搭蒸汽輪船到鎮上去吧。」我當然很樂意。

當我們乘著獨木舟，划向搭乘蒸汽輪船的碼頭時，半路上，遇見一個長相好看又老實的鄉下年輕人，他坐在岸邊的一塊木頭上，身旁放著兩個大手提包。因為天氣很熱，他不停擦著臉上的汗。

「把獨木舟划過去吧！」國王對我說。

國王朝那個年輕人打招呼：「嘿！你要上哪兒去啊？」

「我要搭汽船去紐奧良。」

「你到我們船上來吧！」國王熱情地招呼著，「我可靠的助手會幫你拿手提包的。阿道夫斯，你上岸去幫幫這位先生。」──國王指的是我。

年輕人說：「我剛才看見你的時候，還在想這是不是哈維‧威爾克斯先生呢？來得真是時候啊！後來想想又覺得不對，他怎麼會從大河上划船過來？你不是威爾克斯先生，對吧？」

「不是，我是亞歷山大‧布洛格牧師，我一生為上帝服務。很遺憾威爾克斯先生沒趕上時間，但願沒有耽誤什麼事情。」

「啊！他來遲了照樣會得到財產，只是趕不上替他的兄弟彼得送終。彼得臨死前很想和他見一面，他願意不惜代價見到他，這三個星期以來，他壓根兒就沒談過別的事情。

自從他們在孩提時分開之後，彼得一直沒再見過他的兄弟們——還有威廉——就是又聾又啞的那個，還不到三十歲呢！留在這裡的只有彼得和喬治——就是結過婚的那個，但是喬治和他老婆都在去年過世後，彼得就只剩下哈維和威廉這兩個兄弟。我剛才說過，他們都來不及趕回這兒來。」

「有人通知他們嗎？」

「一、兩個月以前，有人寫信告訴他們。因為當時彼得剛病倒，他就感覺自己時間不多了。你知道吧？他年紀這麼大，而喬治的女兒們，除了紅頭髮的瑪麗‧珍妮，都不能經常陪著他。所以，他老是覺得寂寞，他想見哈維想瘋了。他也想見見威廉。他臨死前留下一封信給哈維，說那封信裡寫明了他藏錢的地方，又說他希望把其他的財產留給喬治的女兒，讓她們過過好日子，因為喬治死後什麼也沒留下。」

「你覺得哈維為什麼沒來呢？他住在什麼地方啊？」國王問。

「他住在英國，謝菲爾德，在那裡傳教，幾乎沒回過美國。而且，說不定他根本沒接到那封通知信。」

「太遺憾了，可憐的人啊！沒能活著和他的兄弟們見上一面，實在是太遺憾了。你說你要到紐奧良嗎？」

「是啊！下週三我還要搭船到里約熱內盧，我叔叔在那兒。」

「真是遙遠的旅程，不過一定很有趣，真希望我也能一

起去。瑪麗・珍妮是最年長的嗎？其他幾個多大了？」

「瑪麗・珍妮十九，蘇珊十五，瓊娜十四——她是最倒楣的，有兔唇。」

就這樣，國王問這問那，基本上把年輕人知道的事情都問得一清二楚，對威爾克斯家裡的事簡直瞭若指掌。他還知道了彼得是開製皮廠的，喬治是開木匠鋪的，而哈維是一名牧師。

我們划到蒸汽輪船停泊的港口，年輕人上了船，可是國王根本沒提上船的事，所以我還是沒體驗到坐蒸汽輪船的感覺。

蒸汽輪船開走後，國王叫我再往上游划一英里，找了一處沒人看見的地方上岸。他對我說：「你趕緊回去，把公爵帶到這兒來，還有記得帶上兩個手提包。不管怎樣，叫他快點趕來，你快去吧！」

我把公爵帶來後，我們就把獨木舟藏了起來。然後，國王把那個年輕人說的事情，一字不差地說給公爵聽。最後他說：「不吉利華德，你扮那個又聾又啞的人行不行？」公爵說，他在戲臺上扮過聾子和啞巴，儘管放心。

好的決定來自經驗。
而經驗來自於做出錯誤的決定。

Good decisions come from experience.
Experience comes from making bad decisions.

馬克・吐温
Mark Twain

第七章　六千金幣的誘惑

　　大約下午三點左右，我們看見一艘大蒸汽輪船，國王和公爵朝它使勁地揮手叫嚷，然後我們全上了大船。這艘大船是從辛辛那提駛來的，船主聽我們說只要搭四、五英里到前面的村莊，氣得要死，說絕不讓我們下船，但是國王多給了點錢，就馬上擺平了。當我們接近村莊時，船主還用一艘小船送我們上岸。

　　岸上有二十多個人在等著，一看見小船靠岸就全部湧至岸邊。

　　國王說：「你們有誰能告訴我，彼得‧威爾克斯先生住在什麼地方嗎？」

　　他們彼此對望一眼，又點了點頭，隨後他們當中的一個人很和氣地說：「先生，我們只能很遺憾地告訴你，昨天晚上他在什麼地方。」

　　瞬間，國王似乎有些站立不穩，下一秒就全身發軟地撲倒在地，雙手捂著臉痛哭了起來：「老天爺啊！我那可憐的兄弟就這樣走了，我們竟然連最後一面都沒見到，你怎麼能這麼殘忍呢？」

　　然後他轉過身來，一面不停地哭著，一面使勁地跟公爵打手勢，於是公爵把手裡提著的兩個手提包往地上一扔，也拚命哭了起來。

　　這兩個騙子，真是我見過最混蛋的傢伙！

　　人們紛紛圍上來，表示深深的同情，不停地說些安慰的話，還提起兩人的手提包，帶我們往山上走。一路上，他們讓這兩個傢伙靠在自己的肩上哭，並且說著彼得臨終前的一些情形。國王就打出各種各樣的手勢，轉述給公爵了解。

　　我發誓我以前還真沒見過這麼不要臉的人。

不到兩分鐘，消息已經傳遍整個村莊，人們從四面八方飛奔而來，有些人甚至邊穿衣服邊跑過來，我們立刻就成了群眾簇擁的焦點。

　　人們不斷趕來的腳步聲就像軍隊拔營時的聲音，道路兩旁家家戶戶的門口和窗戶不時有人探出頭來，問道：「是他們嗎？」而人群中就會有人回答：「肯定是他們！」

　　當我們抵達彼得家時，三個女孩已經站在門口迎接。瑪麗·珍妮的確是一個紅頭髮的小姐，漂亮極了！她看到叔叔們的到來，非常高興，臉上、眼睛裡都閃著愉悅的光芒。國王張開雙臂，瑪麗·珍妮奔向他的懷抱，那個兔唇妹妹則奔向公爵。

　　他們終於見面了，看到他們歷盡千辛萬苦的團聚，村民們都很高興，婦女們尤其激動得熱淚盈眶。之後，國王表情悲痛地跟大家說了幾句話，大意是他可憐的兄弟死了，他們從四千英里外大老遠地趕來，卻沒來得及見到最後一面，實在很傷心。他還提到村裡一些人和狗的名字，細心地打聽他們的近況——他說的這些事情全是從那個老實的年輕人那裡聽來的。國王說他們很希望，與威爾克斯家最要好的幾位朋友，能留下來一起吃晚飯，並幫忙料理後事。

　　瑪麗·珍妮把她父親臨死前留下的那封信拿了出來，國王接過信大聲地念出來，一邊念一邊哭得很傷心。

　　信上說，要把這棟房子和三千個金幣留給三姐妹；把生意不錯的製皮廠和價值七千元的其他房子和地產，以及另外三千個金幣都給哈維和威廉，而且說他把六千個金幣都藏在地窖裡。於是這兩個騙子就說要去把那筆錢拿出來，公平地處理。

　　他們叫我拿上蠟燭一起去，我們進入地窖之後立刻把門關上，很快地在地窖中找到那一袋金幣，裡面全都是亮晃晃

的金幣，看了可真叫人眼紅。

國王的雙睛發亮，他在公爵肩膀上拍了一下，說：「還有比這更好的事嗎？不吉利華德，這應該比《皇家寵物》那玩意兒厲害吧？是不是？」

公爵也認同國王的說法。他們把金幣抓在手裡，再讓它們從指縫間滑到地上，叮叮噹噹一陣響。

國王說：「光說空話沒用，不吉利華德，說到冒充繼承人我們太拿手了！」

看到這麼一大堆錢，我想誰都會心花怒放，相信數目就是那麼多，但是他們卻要數一數才肯放心，結果居然讓他們發現少了四百一十五個金幣。

「真是混蛋！不知道彼得把那四百一十五個金幣拿去哪裡了？」

他們為這件事著急了好一會兒，並且到處翻找不見的金幣。公爵說：「唉，可能他病糊塗了，弄錯數目。但也無所謂，少這幾個錢我們也不在乎。」

「廢話，我們是不在乎，但是你知道，若要我們表現得公道、公正，就得把這些錢扛上去，當眾點清數目。可是偏偏這死人說有六千個金幣，現在就算少一、兩個，都會讓人起疑。」

「別說了！」公爵說：「我們把錢湊足吧！」他和國王分別掏起腰包，差不多把腰包都掏空了，才總算湊足了六千個金幣，一個不少。

我們扛著金幣回到樓上，所有人都圍了過來，國王當眾把錢數清，隨後又發表了一番合情合理的話，大意是他們兄弟願意把這六千個金幣全交給三姐妹，公爵也比手畫腳了一陣，表示自己也同意這個提議。三姐妹高興得又摟又抱國王和公爵，我還從來沒見過那種親近熱絡的樣子。

「你們真是大好人，你們怎麼那麼好呢！」瑪麗‧珍妮提起那一袋錢，放在國王手裡，說：「請你把這六千個金幣拿去，幫我們姐妹做點生意，你愛怎麼用就怎麼用，也不用開收據給我們了。」

　　然後，她摟著國王，另外兩姐妹也摟著公爵，大夥兒都為他們鼓掌叫好。國王把頭抬得高高的，得意地笑了。

　　後來，大家都走了，國王問瑪麗‧珍妮有沒有多餘的房間。她說有一個空房間，可以給威廉叔叔住，而自己的臥室比較大，可以讓給他住，她跟妹妹們睡同一間，而我就睡在小閣樓裡。

　　那天晚上，我們擺了一桌宴席，男男女女，大家坐在一塊兒吃，我站在國王和公爵身後侍候他們。等所有人都吃完了，我和三姐妹中的兔脣妹妹才在廚房裡吃點殘羹剩飯。兔脣妹妹一個勁兒問我英國的事情，有時候我都感覺快招架不住，快被她問出破綻了。

　　她說：「你見過國王嗎？」

　　「誰？威廉四世嗎？啊，我當然見過，他去過我們的教堂。」我知道他幾年前死了，不過我沒有告訴她這一點。

　　「我還以為他住在倫敦呢！」

　　「嗯，是的，他不住在倫敦住哪兒呀？」

　　「可是你不是說，你住在謝菲爾德嗎？」

　　我只好假裝被雞骨頭卡住喉嚨，拖延時間好想出如何圓謊：「我的意思是，夏天他來謝菲爾德洗海水浴的時候，每個星期都去我們的教堂。」

　　「但你之前不是說謝菲爾德不靠海？」

　　「誰說非得到海邊才能洗海水浴，在謝菲爾德的宮殿裡有鍋爐，在海邊缺少這樣方便的條件，所以國王是在謝菲爾德的宮殿裡洗海水浴。」

隨後她又問：「你也去教堂嗎？」

「是啊，每星期都去。」

「你坐在哪兒？」

「坐在我們的座位上啊！」

「誰的座位上？」

「當然是我跟你的——哈維叔叔的座位上。」

「他的座位？為什麼他需要一個座位呢？」

「當然是坐在座位上呀！」

「啊，我還以為他都站在布道講臺上呢！」

糟糕，我忘記這個哈維叔叔的身分是個牧師，又露了馬腳。所以我又假裝讓雞骨頭卡住嗓子，想了一想才說：「笑話！你以為教堂裡只有一個牧師嗎？」

「為什麼需要這麼多牧師？」

「在國王面前講道怎麼能只有一個牧師呢？總共有十七個呢！我從沒見過像你這樣的傻女孩。」

她狐疑地看著我，說：「說老實話，你是不是一直在對我撒謊啊？」

「我說的都是實話。」

「一句假話也沒有嗎？」

「一句假話也沒有，我從沒騙過你。」

「那你把手放在這本書上面發誓吧！」

我看了看，那只是一本字典，並不是聖經，於是我就放心地把手按在上面發誓。這次，她看起來稍微滿意一些，說道：「這樣還差不多，我相信有一部分應該是真的，但是其餘的，我打死也不相信。」

「你不相信什麼，瓊娜？」

瑪麗‧珍妮走了進來，蘇珊緊跟在她後面，她嚴肅地對著瓊娜說道：「你怎麼用這樣的語氣跟客人說話，如果換做

是你，你能忍受別人這樣對你嗎？」

「瑪麗姐姐，你老是這樣，我又沒讓人受什麼委屈，你就急著替人解圍。」

「他是我們的客人，你得對他客氣、禮貌一些。你應該將心比心，如果他對你說了這些話，你也會覺得難為情吧？所以，你不應該對他說這些話。」

「瑪麗姐姐，他剛才說……」

「不管他說什麼都沒關係，最重要的是，你得對他客客氣氣，別說些不順耳的話，免得讓他想起自己不在家鄉，也沒有親人作伴。」

我心想，她是這麼一位好心的人，我卻要眼睜睜地看著那兩個壞蛋搶走她的財產！

接著，蘇珊也插嘴罵了瓊娜一頓。

最後瓊娜向我道歉，她的道歉是多麼真誠，讓人聽了心裡很舒服，我真恨不得再對她撒一千次謊，好讓她向我賠不是。

等瓊娜道完歉後，她們三姐妹還一直想方設法要逗我開心，讓我覺得自己就像是他們的家人、朋友，也讓我心生愧疚，竟然做了那兩個壞蛋的幫凶，我實在太壞、太沒羞恥心了！所以心裡就想，我拚了這條命也得把被他們騙去的錢拿回來才行。

趁著樓上的走道一片漆黑，我原想溜進公爵的房間，找出那些金幣。可是我又想，按照國王的脾氣，大概不會讓別人保管這筆錢，因此我偷偷溜進了國王的房間，到處翻找那袋金幣。

就在這個時候，我聽見一些腳步聲愈來愈靠近，想趕緊鑽到床底下去，但是黑暗中看不到床在哪兒。幸好我摸到了一塊布簾，於是立刻跳到布簾後面，躲在瑪麗・珍妮的衣服

裡，不聲不響地待在那兒。

他們進來後把門關上。

公爵說：「我看咱們沒有把錢藏好。」

國王說：「怎麼說？」

「因為瑪麗‧珍妮不久後得穿喪服，她肯定會吩咐僕人來拿衣服，你想一個僕人看見這麼多金幣，會不順手拿幾個嗎？」

「你說得沒錯。」國王說完便走了過來，在那布簾下方摸了一陣，找到那袋金幣。他根本沒想到我就在他身邊。

他們拿起那袋金幣，翻開床墊底下的草墊，從一處裂口塞進去，再往裡面塞了一、兩英尺。他們肯定覺得這樣的位置萬無一失，因為僕人收拾床鋪的時候，只會整理床墊，並不會翻晒下面的草墊。

等他們下樓後，我又耐心等了一陣子，才把那袋金幣取出來。接著我背上那袋金幣，溜回我住的閣樓。我心想，最好是把它藏到房子外，因為一旦他們發現金幣不見了，肯定會搜遍整棟房子。

如果無知是福，
為什麼世界沒有更快樂？
If ignorance is bliss, why isn't the world happier?

馬克・吐溫
Mark Twain

第八章　哈克的決定

　　天還未亮，我悄悄地經過國王和公爵的門口，聽了一會兒，確認他們都鼾聲如雷地熟睡了，我才小心地踮起腳尖往樓下走。我從餐廳門縫往裡面偷看了一眼，看見守靈的人全都在椅子上睡著了。

　　然後我走到客廳——彼得的屍體就放在客廳裡，再一直走到門口，卻發現屋子的大門被鎖上了！更要命的是，我聽到有人下樓梯的聲音！

　　我急忙掃視四周，只見棺材是唯一能藏東西的地方。棺材並沒有完全蓋上，還留了大約一英尺寬的開口，我看到彼得的臉上蓋了一塊濕布，身上已經換成要下葬的衣服。

　　我把那袋金幣放到棺蓋下面，恰好在彼得雙手交叉處再往下一點，他的雙手冰涼，嚇得我全身直發抖。然後我快速地溜出客廳，躲到了門後面。

　　來的人是瑪麗·珍妮，她躡手躡腳地走到棺材邊，彎腰看著棺材裡的人，然後掏出手帕，儘管她背對著我，還是可以看出她在抹眼淚。

　　我偷偷離開客廳，回到自己的房間，自言自語道：「如果金幣能一直放在棺材裡也好，等我離開以後，可以寫信給瑪麗·珍妮，告訴她只要把棺材從墳地裡挖出來，就可以拿到錢了。」

　　可是如果事情不順利，明天釘棺蓋時被人發現了，國王就很有可能重新拿回那袋金幣，之後若要再找機會下手就更不容易了。

　　早上，我下樓的時候，除了家裡的人，還有幾位彼得先生生前的好友之外，守靈的人都走了。我偷偷觀察了國王和公爵的臉色，並沒看出什麼異樣。

臨近中午時，幫忙處理喪事的人來了。他們把棺材擱在大廳中央的椅子上，並把家裡以及向鄰居借來的椅子整齊地排放好。大廳、客廳及餐廳都被椅子占滿了，而棺蓋打開的角度還是和昨天一樣。

儀式開始了，前排最靠近棺材的位置，坐著那兩個傢伙和三姐妹。儀式大約持續了一個半小時後，人們站起來排隊繞著棺材走一圈，低著頭瞻仰死者的遺容，有些人掉下了眼淚。

這個儀式大約又持續了半小時，終於，送葬的人拿著螺絲起子朝棺材走去，準備封棺了。

我緊張得全身冒汗，死命盯著他的動作。他完全沒有遲疑，把棺蓋輕輕推正，轉了轉螺絲起子，把棺蓋鎖緊了。可是我又發愁了，我根本不知道金幣是不是還在裡面，萬一有人神不知鬼不覺地把金幣拿走了，怎麼辦呢？如果我還寄信給瑪麗・珍妮，而她把棺材挖起來，卻什麼也沒找到，她會怎麼看我？或者我最好什麼都不說，也不寫信給她？唉！我是出於好意想做件好事，結果卻把事情搞得更糟，我真希望當初沒有管這件事！

他們安葬彼得之後回到家中，我又仔細觀察每個人的表情──雖然我很想看出點什麼，但還是一無所獲。

第二天早上，天快亮時，國王和公爵跑上閣樓，把我搖醒，國王問我：「你前天晚上去過我們房間，對嗎？」

「沒有啊！」

「你給我老實說！」

「我說的是實話啊！」

「那你有看見別人進去過嗎？」

「沒有，我不記得有誰進去過。」

「你給我好好回想！」

我假裝回想了一下，就說：「你這麼一說，我就想起來了，好像有幾個僕人進出過你的房間喔！」他們看起來都有點震驚，但是馬上又換一副早就料到的神情。

公爵問道：「是什麼時候的事了？」

「是出殯那天早上，我看見他們踮著腳尖從你們的房門口離開。我猜他們可能是想打掃房間，但是看見國王還沒睡醒，就趕快退出來，免得把你吵醒了！」

「哎呀！糟了！」國王煩躁地抓著腦袋，看起來一臉倒楣相。我心裡暗暗竊喜，但還是裝作糊塗的樣子，小心翼翼地問了一句：「是不是發生什麼事了？」

國王突然對著我吼道：「關你屁事！別多管閒事！管好你自己吧！只要你還想待在這個鎮上，就千萬給我記住這句話，聽見沒有？」隨後他轉身對公爵小聲地說：「這件事我們只能打落牙齒和血吞，絕不能聲張。」

過了一會兒，我起床下樓，經過三姐妹的房間時，看見房門是開著的，瑪麗·珍妮坐在一個舊箱子旁。我進去把房門關好後，對她說：「瑪麗小姐，你能找到一個離這裡不遠的地方待上兩天嗎？」

「羅斯魯普家。但是為什麼呢？」

「瑪麗小姐，你先別說話，聽我說。我準備把實話告訴你，你得有些勇氣才能聽下去。你的兩位叔叔，根本就不是你的親人，他們是騙子，十足的壞蛋！」

這話當然讓瑪麗大吃一驚，可是我知道她承受得住，就一個勁兒往下說了。先說我們遇到了那個老實的年輕人，最後說到她在大門口奔向國王懷裡的情形。她聽到這兒，立刻跳起來，滿臉緋紅，像是太陽下山時的顏色。

她說：「這兩個騙子！走！我們去把柏油塗在他們的臉上，再貼上雞毛，扔到河裡！」

我說：「當然！可還是要先請你去羅斯魯普家。」

「唉！」她說：「你看我這腦子！」她一邊說一邊坐下來，「希望你別介意，我剛才氣瘋了，都不知道自己在說什麼。」她把絲綢般柔滑的手指擱在我的手上，此情此景，叫我為她去死我也願意。

「我從來沒想過自己會那麼急躁。」她說：「好吧！繼續說下去，我不會再那麼激動了，請告訴我該怎麼做。」

「好的，」我說：「這兩個騙子可不好惹，雖然我不情願，但暫時必須跟他們和平共處才行，我目前不能告訴你為什麼。你要是現在揭穿他們兩個人，會牽涉到另外一個你不認識的人，而他恐怕就要遭殃了。唉！我們不能讓這個狀況發生，絕對不行，因此，我們現在還不能告發他們。」

說著這些話的時候，我突然想到一個好主意，可以讓自己和吉姆擺脫這兩個傢伙，並且把他們關進牢裡。可是我不能在白天撐著木筏離開，要是被人看見還得解釋一番，所以只好等到今天深夜再行動。

我說：「瑪麗小姐，我馬上告訴你我的計畫。對了，羅斯魯普家離我們這兒有多遠呢？」

「大概不到四英里。」

「很好，這樣的話，一切的問題就解決了。現在你馬上去羅斯魯普家，一直待到晚上九點或九點半，什麼話都不要說，然後請他們送你回家，只要說你突然想起一件事情忘記處理就好了。如果你在十一點之前到家，就在窗口點一根蠟燭。如果等到十一點，你都沒有見到我，那就表示我已經遠走高飛了，然後再請你出來告訴大家真相，揭穿這兩個騙子的謊言，把他們都關進牢裡去。」

「好。」瑪麗‧珍妮說：「就按照你說的做吧！」

「如果事情不順利，我沒有脫身，還跟他們一起被抓的

話，你可得出來幫我作證，說我跟他們不是一夥的喔！」

「當然沒問題！我絕不會讓人動你一根手指頭的。」說這話的時候，我看到她的鼻翼微張，眼睛裡也閃閃發光。

「如果我真的走了，就不能在這裡證明這兩個傢伙不是你的親人了。如果到時候我還在這裡，也不能為你作證，我只能對大家發誓，說他們是騙子、是流氓，我能做的只有這樣而已。但是，如果能找到其他人，他們說的話應該會比我更有說服力。我告訴你該怎麼找到這些人，請你給我一枝筆和一張紙。我寫在這兒了⋯⋯」

《皇家寵物》，布里克斯維爾。

「把這張紙收好，別弄丟了。一旦法院要調查這兩個騙子，就讓他們派人去布里克斯維爾，跟那個鎮上的人說，你們已經抓到演出《皇家寵物》的傢伙，要布里克斯維爾的人出庭作證。到時候，全鎮的人一定都會跑來幫忙的，而且他們一定個個火冒三丈、怒氣衝天。」

隨後我又說：「還有──那一袋金幣。」

「唉！我只要一想到那些金幣落入他們手裡的經過，就恨自己實在太過糊塗了。」

「不對，金幣並不在他們手裡。」

「那是在哪裡？」

「我要是知道就好了。我本來已經從他們那偷出來，準備要還給你們姐妹。後來我把金幣藏在一個地方，可是我擔心現在恐怕不見了。我要藏金幣時情況緊急，只好順手塞進那個地方，不過那個地方──可真不是個好地方。」

「你別太自責了，我知道你也沒辦法。那你把金幣藏在哪裡了呢？」

我不想在瑪麗‧珍妮小姐面前提起屍體的事情，因此很難說出口。過了一會兒，我才說：「瑪麗小姐，你要是能讓我暫時不說，我會寫在一張字條上，你在前往羅斯魯普家的路上再看吧！好嗎？」

　　「那也好。」

　　於是我就寫了幾句話：

　　我把它放在棺材裡。昨天夜裡你在那兒哭的時候，金幣就放在棺材裡。那時我躲在門後，為你感到十分難過。

　　我一想起昨天夜裡她一個人對著棺材哭泣，而兩個騙子不僅住她家、還騙她錢，我就忍不住濕了眼睛。

　　我把字條摺起來交給她的時候，看見她也快掉淚了。她用力地拉著我的手說：「再見！你跟我說的事情，我一定全部照辦。如果再也見不到你，我也會一輩子記得你，我一定會無時無刻為你祈禱。」

　　天哪！我敢打賭，如果她知道我是個什麼樣的人，還是會為我祈禱的。她就是這種人，一旦打定主意，絕對不會改變念頭的。她是我見過最勇敢、最善良、最美麗的女孩。後來，我經常想起她，想起她說要為我祈禱的話。

第九章　兩個繼承人？

村民們帶來了一位穿著體面的老先生，以及另一名看起來體面、但是右手臂吊著繃帶的中年人。

人們吼叫和嘲笑的聲音此起彼落，不過我並不覺得這事兒有這麼簡單，如果國王和公爵看到這兩人，說不定會被嚇得臉色發白。

沒想到，公爵一點兒都沒被嚇到，而國王則盯著剛來的兩個人，一副為他們難過的樣子，好像那兩人才是騙子和壞蛋似的。他裝得可真像啊！村裡許多有身分的人都往國王靠近，似乎是想讓國王知道他們是站在他這邊的。

當老先生說話時，我馬上就聽出他的確帶有英國人的口音——不像國王那樣，雖然國王也算模仿得維妙維肖。

我背不出那位老先生說過的話，也學不會那種口音，不過他當時對著那一群人，好像是這麼說的：「這事情真叫我大吃一驚，我做夢都想不到會這樣。我和我的兄弟在路上出了點事，他摔斷了自己的手臂，而且我們的行李因為昨天晚上天太黑，被船員卸在上游的一個小鎮上。我是彼得・威爾克斯的兄弟哈維，而這位是他的兄弟威廉，他又聾又啞，連手語都不太會，現在也只剩一隻手可用了。至於我說的是不是實話，只要再等一、兩天，等行李運到，我們就能夠拿出證據來證明自己了。在這之前，我不想再多說什麼。我們會在旅館裡等著。」

於是他就和那個聾啞人走了。國王大笑，然後又開始胡扯：「摔斷手臂很可能只是藉口，這個藉口的確方便，不是嗎？聾啞人一定得學會手語，但是他恰好不會。說是丟了行李？多巧啊！能想出這個主意真是妙極了，尤其是在這種情形下。」

接著他又大笑，旁邊的人也跟著笑，只有三、四個人沒笑。其中一個是醫生，還有一個是目光銳利、手裡提著手提包的先生。

他剛下了蒸汽輪船過來，正低聲跟醫生說著話，他們相互點頭，還不時用眼睛瞟一下國王。這個人是勒維・貝爾律師，剛從上游的路易斯維爾回來。還有另外一個人，是剛走過來的高壯漢子，他認真地聽完老先生說的話，也聽了國王說的話。國王的話音剛落，這位大漢就說：「喂！讓我說一句，如果你是哈維・威爾克斯，那麼你是什麼時候來到鎮上的？」

「下葬的前一天。」國王說。

「是在那一天的什麼時候？」

「傍晚的時候，太陽下山前一、兩個小時。」

「那你是如何到這裡的？」

「我是搭從辛辛那提駛來的那班輪船來的。」

「好的，那你那天早上為什麼要坐著獨木舟到上游那個碼頭去呢？」

「那天早上我根本沒去那個碼頭啊！」

「你撒謊！」

有幾個人衝過來，要求大漢別對一個當牧師的老人家這麼說話。

「什麼牧師？他就是一個謊話連篇、徹頭徹尾的騙子！他那天早上就在那個碼頭，我住在那兒，我會不清楚嗎？我親眼看見他和丁・柯靈斯，還有一個孩子，划著獨木舟過來的。」

醫生站了出來，說：「如果你看到那個孩子，還能認出來嗎，海因斯？」

「可以。啊！他就在那邊，不會有錯的。」他指向我。

醫生說：「鄉親們，新來的那兩個人是不是騙子，我不清楚，可是如果這兩個人不是騙子，那我就是傻瓜了。坦白說，在把這件事調查清楚之前，我們應該有點警覺，別讓他們跑了。來吧！海因斯，來吧！鄉親們，先把這兩個傢伙帶到旅館去，和剛才那兩個人對質，就算沒有找出答案，至少也能看出點眉目來。」

大家覺得很有道理，於是馬上動身。那時候，太陽快下山了，醫生拉著我的手走，他雖然看起來很和氣，可是抓著我的手絕不會放鬆的。

我們到了旅館的一個大房間，又把公爵和新來的那兩個人找來，並且點上幾根蠟燭。醫生首先開口，說：「我也不願意和這兩個人過不去，可是我覺得他們很可能是騙子，而且，說不定他們還有同黨。如果有，那些同黨會不會趁機把彼得‧威爾克斯留下來的那一袋金幣拿走呢？這不是不可能的事情。如果這兩人不是騙子的話，他們就會把那袋金幣拿出來，暫時由大家保管，等他們證明了自己的身分之後，再還給他們。你們說，對不對？」

大家都點頭贊成。

可是國王卻愁眉苦臉地說：「各位，我也很希望那些金幣還在，我也絕不打算阻撓你們調查這件事，糟糕的是，那袋金幣不見了，你們儘管派人去查。」

「你把那袋金幣放在哪兒了？」

「我侄女把它交給我，要我替她保管之後，我就塞到我床鋪的草墊裡面。因為我們只打算在這兒待幾天，就沒有把錢存到銀行裡。我們也不了解這裡的僕人，本以為他們都是老實人，像我們英國那些傭人一樣，可是沒想到，第二天早上，那些黑人就趁我下樓的時候，把金幣偷走了。」

醫生和另外幾個人說：「胡說八道！」

我想在場沒有一個人相信他說的話，有人問我是否親眼看見黑奴偷了那袋金幣，我說沒有，但是我看見他們躡手躡腳地從臥室裡溜出來，當時我並沒有起疑，以為他們只是怕吵醒主人，想在他們醒來之前溜掉。

　　突然，那醫生問我：「你也是英國人嗎？」

　　我說是的，他和另外幾個人就哈哈大笑，說：「絕不可能！」

　　接下來，他們開始詳細地調查，鉅細靡遺地問了許多問題，時間一分一秒過去，也沒有人提起吃晚飯的事情，可能大家都忘了。他們就這樣持續盤問，看來是決心要打破砂鍋問到底了。

　　他們要國王講講他的事，又要老先生講講他的經歷，兩相比較，大家都聽得明明白白了。老先生講的是真話，國王是在扯謊。當然，一些有偏見的傢伙可能並不這麼想。

　　接著，他們又要我把知道的事情講出來，國王悄悄給我使了眼色。我從我們在謝菲爾德的生活開始，一直講到英國威爾克斯家族的一切。

　　不過，我還沒講多久，醫生就哈哈大笑，勒維・貝爾律師也開口說：「坐下吧！孩子，如果我是你，絕對不會讓自己看起來那麼緊張。我敢打賭你不是習慣撒謊的人，你還需要練習練習。你的話聽起來太彆扭了！」

　　醫生說：「勒維・貝爾……」

　　這時國王伸出手，插話道：「啊！這就是我那可憐的哥哥在信上常常提到的老朋友吧？」

　　律師和他握了手，然後微微一笑，看上去好像很高興的樣子。他們談了好一會，然後又到一旁低聲交談，最後，律師說：「那就這樣定了，我將接受你的委託，把你和你兄弟的訴訟狀呈交給法院。」

他們找來紙和筆，國王坐下來，把腦袋歪到一邊，咬了咬舌頭，在紙上潦草寫了幾行字，隨後把筆遞給公爵。公爵看起來不太舒服，不過他還是接過筆寫了一些話。

然後律師轉過身，對新來的老先生說：「請你也寫上要說的話，並且簽上名字。」

老先生寫完了，但是他的字跡卻亂得讓人無法辨認，律師表現出吃驚的樣子說：「啊！這可真難為我了。」

他從口袋裡掏出一大堆舊的信件，並且說：「這些舊信是哈維·威爾克斯寄來的，這麼一來，就能知道誰才是真的哈維·威爾克斯了。」律師拿著剛才紙上的筆跡，和這些信件相互比對。

「我想大家一眼能看出來，這些信並非出自那位老先生的手，他那些胡亂塗鴉的東西，根本稱不上文字。所以，我想我手上的這些信是來自……」

那位老先生插嘴道：「請容許我解釋一下，除了我這弟弟之外，沒有人能辨認出我寫的東西，所以你們手上的那些信都是他幫我謄寫，不是我親筆寫的。」

「啊，原來如此！」律師說：「如果讓他寫幾行字，我們就能進行筆跡比對了。」

「他不會用左手寫字，又摔斷右手。」老先生說：「如果他現在能用右手寫字，你就能看出他寫的字和那些信件上的字是一樣的。」

律師說：「我原以為馬上就能得到解決問題的線索，現在看來是落空了。可是不管怎麼樣，至少證明這兩個傢伙不是威爾克斯家的人，他們的筆跡跟信上的完全不一樣。」他邊說邊對國王和公爵搖頭。

可是，這個頑固的老傢伙竟然還不肯放棄。他狡辯說這種測試並不公平，還說他的威廉兄弟是世界上最愛開玩笑的

人，當他看到威廉用筆在紙上寫字的時候，就知道他要跟大家開玩笑。他越說越投入，喋喋不休地胡謅，突然，那位老先生打斷他的話，說：「我剛想到一件事，這裡有沒有人幫忙裝殮我哥哥？」

「有。」有人說：「阿布·特納和我，我們兩人現在都在這兒。」

然後，那位老先生又轉身對國王說：「或許這位先生可以告訴大家，彼得的胸膛上有什麼樣的紋身吧？」

天哪！這猝不及防的問題，如果國王無法馬上回答，那他的謊言就會被揭穿。他怎麼可能會知道彼得身上的紋身長怎樣呢？國王的臉色有點發白，根本掩飾不了，這時，全場一片安靜，大家往前傾身，死命盯著國王。

我心裡想，這個老傢伙總可以棄械投降了吧？再狡辯也沒有意義了。可是，他竟然沒有放棄！我猜他是想繼續混淆視聽，直到這些人都暈頭轉向，他和公爵就可以趁機逃之夭夭了。國王笑著說：「你們以為這個問題能難倒我嗎？我現在就告訴你們，他胸口上有什麼紋身。他胸口上，刺著一枝藍色的箭，細細小小的，如果不仔細看，根本不會有人注意到。現在，你還有什麼話說，嗯？」

啊！真是死皮賴臉的傢伙！

老先生的眼睛露出閃光，語氣輕快地說：「各位，大家都聽到他說的話了！特納先生，請問你有在彼得的胸口上看到他剛才說的圖樣嗎？」

阿布·特納和另一人說：「沒有！」

老先生說：「很好，那你們在他胸口上看到的，應該是小小的字母，分別是 P、B 和 W，這三個字母中間都有條小短線，所以應該是 P－B－W，」他一邊說，一邊將字母寫了下來，「看看，這是不是你們看到的那個紋身呢？」

　　兩人說：「不，我們沒有看到，我們在他胸口上根本就沒有看到什麼紋身。」

　　這時候大家都有點激動，嚷嚷著：「他們全是騙子，把他們抬去遊街示眾！把他們拖到河裡淹死！」人群中爆出一陣又一陣咆哮。律師跳上桌子，大聲喊道：「先生們！先生們！請聽我一句話，請安靜一下，我們還有一個辦法，那就是把屍體挖出來，再仔細看一看。」

　　大家都同意這個辦法。「對呀！」大家又鼓噪起來，馬上就想動身，可是律師和醫生卻說：「等一等！帶著這四個人，還有那孩子，把他也帶著。」

　　「我們會的！」他們叫嚷著：「如果我們最後沒有看到紋身，就要讓這幾個騙子、壞蛋付出代價！」這下我可嚇壞了，但是又無路可逃。

　　他們把我們都牢牢逮住，押著我們往前走，一路往墓地衝去。墓地在距離大河一英里半的地方。這件事情鬧得這麼大，驚動了全鎮的人跟著前往墓地，那時才晚上九點鐘。

　　路過威爾克斯家的時候，我心裡真後悔，實在不該叫瑪麗·珍妮離開的，不然，這個時候我就可以向她呼救，讓她證明我的清白，並且揭露這兩個騙子的罪行。

永遠不要和愚蠢的人爭論，
他們會把你拉到他們的水平，
然後用經驗打敗你。

*Never argue with stupid people, they will drag you down
to their level and then beat you with experience.*

馬克・吐溫
Mark Twain

第十章　金幣帶來的生機

　　一大幫人前呼後擁，又吼又叫沿著大河向墓地前進。

　　此時天色越來越暗，閃電此起彼落，樹葉被風吹得簌簌作響。這是我人生中遇過最危險的事情，我被嚇傻了，這跟我當初想的可完全不一樣！我原本以為自己能置身事外，站在一旁看笑話，反正在情況緊急的時候，瑪麗・珍妮小姐就會出來證明我的清白。沒想到，我的命運竟然要交由那個紋身來決定！如果他們找不到那個紋身的話，我實在不敢想像會有什麼後果！

　　天色變得更黑了，這是從人群中溜走的最佳時機，可是那個彪形大漢海因斯死命地拽著我的手腕，根本沒辦法從他手中逃走。他看起來異常亢奮，一路上拖著我往前走，我得一路小跑才跟得上他的腳步。

　　大夥兒像洪水一樣湧進墓地。等他們相繼來到彼得的墓前，才發現沒有人帶提燈，只好借著閃電的光開挖，同時也派人去一戶離這兒半英里遠的人家借提燈。

　　他們拿著鐵鏟開挖，天空像倒扣的鍋蓋一樣，黑糊糊一片，並且開始下雨了，風呼呼地吹過，伴隨著越來越頻繁的閃電，雷聲也隆隆作響。但是大家都顧不得風雨雷電，所有人全神貫注地挖著。在閃電落下的剎那，可以看清人群裡每個人的臉，也可以看見鐵鏟把泥巴從墓地裡一堆一堆地挖上來。閃電消失的瞬間，一切又被黑暗吞沒，什麼都看不見了。

　　最後，他們終於把棺材抬了上來，轉開螺絲釘，打開棺蓋。大家急著揭開謎底，全都拚命往前鑽，你擠我，我推你的。這種情形實在少見，而且天那麼黑，風雨雷電交加，實在叫人害怕。

海因斯用力地拽著我的手腕，讓我痛得要命。他興奮極了，喘著粗氣，我猜他早就把我的存在忘得一乾二淨了。

突然間，一道閃電從天而降，這時有人驚聲尖叫：「哎呀！我的天哪！那袋金幣在他的胸口上！」海因斯也和別人一樣大吃一驚，同時鬆開了我的手，拚命往前擠，想去看個究竟，我便趁機一溜煙跑到伸手不見五指的大路上。

路上只有我一個人，我拚命往前飛奔。

閃電不時砸下，還有那嘩嘩大雨、呼呼的風、轟隆隆的雷電，我不是在奔跑，我簡直是在路上被吹著往前飛。

等我回到鎮上，發現這大風大雨裡，大街上沒有任何一個人。我直接從大街上狂奔，快抵達威爾克斯的房子時，我沒有看見蠟燭的亮光，整棟房子漆黑一片。

我難過極了，也很失望，雖然我不知道為什麼會有這樣的感覺。就在我跑過房子前面時，瑪麗‧珍妮小姐的房間裡突然閃現一道光，我的心猛跳了一下，好像要撞碎似的。

但是，才一眨眼的工夫，那房子和燭光已被我遠遠甩在身後，消失在一片黑暗之中。從今往後，瑪麗‧珍妮小姐再也不曾出現在我面前。她確實是我遇過最好、也是最勇敢的女孩了。

等我跑到離小鎮夠遠的地方，我就開始四處搜尋有沒有獨木舟。借著閃電的亮光，我看到一艘沒有被鎖上鏈條的小船，便立刻跳了上去。小沙洲離河岸很遠，可是我一點也不敢耽誤時間，只能死命地划著船。

終於，我划到木筏那兒了！我簡直累得要命，可是我連一口氣也不敢歇，一跳上木筏就大叫：「吉姆！快起來，解開木筏！謝天謝地，我總算把他們甩開了！」

吉姆看到我回來了，高興得像孩子似的，他張開雙臂朝我撲過來。我也因為擺脫了國王和公爵，覺得很高興，可是

我說：「等吃早餐時，我再告訴你這幾天發生的事，現在我們得趕快離開。吉姆，解開木筏，順著大河漂下去吧！」

兩秒鐘後，我們的木筏就朝著下游漂去。能夠自由自在地在大河上漂流，沒有那麼多煩人的事情，這感覺可真是暢快。

太美好了！我忍不住高興地活蹦亂跳，腳後跟把木筏跺得啪啪響。可是才過了一會兒，我就聽到熟悉的聲音。我立刻噤口，屏氣凝神地聽著。閃電劃過，照亮整個河面，我可以肯定，是他們來了，國王和公爵，他們正使勁地撐船，惡狠狠地大吼，往這邊來了。

我腳一軟，一下子癱坐在船板上。我澈底放棄了。現在能做的，只有盡量忍住不要讓自己哭出來了。

國王和公爵跳上木筏，國王抓住我的衣領，使勁搖晃著我，說：「你是想把我們給甩掉吧？臭小子！不想和我們做伴了，啊？」

「不是的！我不是這樣想的，你別生氣。」

「那你究竟想怎麼樣啊？快說！不然我把你的五臟六腑全晃出來！」

「我會老實告訴你的。剛才那個看守我的男人對我特別好，一直跟我說，他去年去世的孩子，跟我差不多大，所以他不忍心讓我待在那麼危險的地方。後來發現金幣，他趁著大家往前擠的時候，偷偷放開我的手，叫我快跑，不然我就得上絞刑臺了。聽了他的話我就趕緊跑了，因為擔心他們會追來，把我抓去處刑。所以我不停地奔跑，找到小船也拚命划，一爬上木筏，就叫吉姆趕緊鬆開繩子離開。雖然擔心你和公爵的安危，但是又以為你們已經被他們殺了，所以我很難過，吉姆也很難過。如今看到你們平安回來，我真的很高興。不信的話，你問吉姆。」

吉姆說的確是這樣的，國王叫他閉嘴。他說：「哦，好吧！這也有可能。」可他還是一個勁兒地搖晃我，又說應該把我淹死才對。

　　這時，公爵說：「你這個老傢伙，把孩子放下！你難道比他好嗎？你逃跑的時候，也壓根兒沒想到我。」國王訕訕地放下我，轉而開始罵那村子的人。

　　公爵又譏諷道：「你還不如把自己臭罵一頓吧！你從頭到尾就沒做過一件有腦子的事情，只有後來厚著臉皮，說那裡有一個藍色箭頭的紋身，救了我們一命。還有那袋金幣也起了作用，如果那些驚訝的傻瓜沒有放開我們的手，跑去看金幣的話，估計我們今晚都得被套上絞索！」

　　船上好一陣子都沒人出聲。突然，國王有些心不在焉地說：「哼！我們還以為是被黑奴偷走的呢！」這話說得我膽戰心驚。「是呀……我、們、是、這麼想的。」公爵刻意一字一句地說，還帶有幾分挖苦的口氣。

　　過了半分鐘，國王才慢騰騰地開口說：「至少我是這麼想的。」

　　公爵也慢騰騰地說：「但我可不是那麼想的。」

　　國王有點兒發火了：「嘿！不吉利華德！你到底什麼意思啊！」

　　公爵也惱了：「既然你問到了，也許你可以說說看，你又是什麼意思呢？」

　　「呸！我哪裡知道啊！」國王挖苦道：「也許是你在夢遊，不記得拿了那袋金幣了吧？」

　　這下公爵大發脾氣了，他說：「你才別再裝蒜了！你當我是傻瓜呀？你以為我不知道是誰把這些金幣藏到棺材裡去的嗎？」

　　「是呀！你知道那是誰幹的，因為就是你自己啊！」

「放屁！」公爵馬上撲過去揪住國王。

國王大聲喊叫：「鬆手！鬆手！別掐我的脖子呀！就當我什麼都沒說！」

公爵說：「要讓我鬆手，你得先承認是你把那些金幣藏在棺材裡，打算哪天甩開我之後，再自己挖出來獨吞。」

「你先別急，公爵，你要是沒有把金幣藏在那兒，你只要說一聲，我一定相信你，並且收回我剛才說的話。」

「你這老混蛋，那不是我幹的，而且我還要給你點顏色瞧瞧！」

「得啦！得啦！我相信你，但我還是要再問一次，你是不是曾經打算把那袋金幣偷走，先把它藏起來？」

公爵沉默了一會兒才說：「我是不是打算過，根本不重要，反正我沒偷就是了。但你不只心裡打著主意，還真的動手了。」

「我發誓，我要是偷了金幣就不得好死。說實話，我的確起過心眼，可是你……我是說別人，搶先下手了。」

「放屁！明明是你幹的！你非得承認是你偷的，不然我就……」公爵手上加了力道。國王嗓子「喀啦」作響，然後他「呼哧呼哧」喘著粗氣說：「饒命啊──我認了！」

聽見他這麼說，我心裡才覺得安穩一些。只見公爵放了手，說：「你要是再不認帳，我就淹死你。你現在哭得像個小娃兒，也好啦──你幹了這麼不要臉的事情，哭一哭也是應該的。我這輩子還沒見過你這樣狠心的老壞蛋，居然想獨吞金幣。虧我還一直相信你，把你當自己的父親看待哪！而且你還滿不在乎地嫁禍到可憐的黑奴頭上，一點都不知道羞恥。我竟然傻到相信了你的胡話。你這該死的東西，我現在才知道你為什麼要湊足那些金幣，因為你想把我在《皇家寵物》和別處賺來的錢通通一起撈走！」

國王還在那裡哭著說：「可是，公爵，當時是你說要把缺少的金幣數目湊足的，又不是我說的。」

「放屁！我不想再聽你胡說八道。」公爵說：「你看現在遭到報應了吧？他們連我們的錢也拿走了。快去睡你的覺吧！看你往後還敢不敢算計我。」

之後，國王拿起酒瓶，大口大口地把酒灌下肚，過了一會兒，公爵也喝開了。

只過了半個鐘頭，他們又變回哥倆好，親親熱熱的，喝得越醉，越是親熱，後來他們就摟在一塊兒，打起呼嚕，睡著了。看他們睡熟後，我就跟吉姆嘮嘮叨叨半天，把所有經過的事情都告訴了吉姆。

第十一章　失去吉姆

　　我們順著大河一路往下游漂流，再也不敢往哪個鎮上靠岸。連趕了好幾天路後，我們來到氣候溫暖的南方，離那個村莊已經非常遠，那兩個騙子認為已經脫離危險，便又重操舊業，去附近的小鎮行騙。

　　一開始，國王和公爵辦了一場戒酒演說，不過賺來的錢還不夠他們自己買酒喝。後來，他們又在另一個小鎮開了舞蹈課程，不過他們跳起舞來跟袋鼠差不多，所以沒多久，就被鎮民轟出小鎮。還有一次，他們教人朗誦，結果底下的聽眾把他們狠狠痛罵一頓，他們只好逃之夭夭。

　　之後，國王和公爵還試過傳教、講道、行醫、算命，但是都沒有得到幸運女神的眷顧。他們躺在木筏上，就這樣隨著大河漂流，一言不發，看起來非常沮喪和絕望。

　　不過，後來，他們又變了。

　　兩個人常在木筏帳篷裡交頭接耳，有時候他們一談就是兩、三個小時。吉姆和我都感到有點不安，我們不喜歡這種感覺。我們猜，他們一定是在盤算著什麼更惡劣的事情，比如說：闖進某戶人家搶劫，或是去商店偷竊，或是印假鈔什麼的。我們擔憂極了，不想跟他們蹚這渾水。

　　我們打定主意，只要一有機會，就甩掉他們！

　　一天清早，我們在距離比克斯維爾這個破落村子的下游兩英里處，找到一個安全的地方把木筏藏起來。國王自己上岸，並吩咐我們躲藏起來，他先到小鎮上去看看情況，向人打探消息。他說要是到了中午他還沒回來，那就表示平安無事，我和公爵可以前去會合。

　　過了中午，還不見國王回來，我和公爵往鎮上走去，一邊走一邊找他。找了一會兒，後來在一個破爛小酒館後面的

一個小房子裡找到他，他喝得醉醺醺的，有些地痞流氓在欺負他，他也拚命回嘴咒罵、嚇唬人，可是他醉得連路都走不動了。

公爵罵他是個老糊塗，國王也回嘴罵他。見他們罵得起勁時，我便溜出來，拔腿狂奔，像一頭鹿似的，順著河邊的大路往下飛奔。我知道機會來了，國王和公爵再也別想找到我和吉姆。

我跑到藏木筏的地方時，已經上氣不接下氣，斷斷續續地大喊：「把木筏解開吧！吉姆！我們自由啦！」

可是沒有人應聲，也沒有人從帳篷裡鑽出來。吉姆不見了！

我用力大喊「吉姆」，又喊了一聲，然後跑進樹林裡去找，東奔西跑，邊找邊喊，可是都沒用——老吉姆真的不見了！

我忍不住坐下來大哭。

可是我不能坐著不動，啥事也不做。所以，我走到大路上，心裡不斷琢磨著該怎麼辦才好。過了一會兒，我遇上一個小孩，問他有沒有看到一個黑人，他說：「見過啊！」

「他往哪裡去了？」我問。

「大人們抓到一個逃跑的黑奴，就把他帶到塞拉斯·菲爾普斯家去了。」

「是誰抓住他的？」

「是個老頭兒，從外地來的，人家懸賞兩百塊錢，可他只要了四十塊，就把那個黑人賣給別人。因為他急著要去大河上游，不能多等。」

我明白了！是國王和公爵聯手演了這齣好戲，他們偷偷把吉姆賣掉了！

我跑回木筏上，在帳篷裡坐下思考，可是想不出什麼好

主意，想得頭都痛了。跑了這麼遠的路，一路上又伺候著那兩個混蛋，他們竟然這麼狠毒，用卑鄙的手段賣掉吉姆，害他流落異鄉，還得一輩子作奴隸，就只為了四十塊臭錢。

我苦惱得要命，後來總算想出一個主意——寫信。我拿出紙和筆，寫道：

　　華森小姐，你那個逃跑的黑奴吉姆，他跑到大河下游來了。他在比克斯維爾的菲爾普斯先生家，你要是派人帶著賞金來要人，他會把吉姆還給你的。

哈克‧費恩

我把這封信拿在手上，心裡卻有點為難，我知道我得做出選擇，而且永遠都不能後悔。我猶豫了很久，終於下定決心，說：「好吧！下地獄就下地獄吧！」我把信紙撕碎。

隨後，我便撐起木槳，划著木筏來到下游一個叢林茂密的小島，把木筏藏進樹叢，接著倒頭就睡。

菲爾普斯家有個小小的棉花田，就像南方許多的農場一樣，另外還有一座兩英畝的院子，用一道木柵欄圍著。我繞著柵欄走了一小段，發現一個用木樁排成的階梯，可以讓人踩著越過柵欄。

我飛快地翻過柵欄，朝房子走去。有個黑人女人從廚房跑出來，後面跟著一個黑人女孩和兩個黑人男孩。三個孩子都揪住媽媽的衣服，從背後偷偷望著我，很害羞的樣子。這時，一個白人女人從屋子裡跑出來，看著大約有四十五歲或五十歲，手裡拿著紡錘，她的身後也跟著一群白人孩子。

看見我，她隨即喜笑顏開，高興得不得了，她說：「是你嗎？終於來了！」

我來不及細想便脫口而出：「是呀！」

她用力地抱住我，左看右看地觀察我，嘴裡說道：「我還以為你長得很像你媽媽，實際上卻一點也不像！不過我不管那麼多啦！見到你可真高興。孩子們，這是你們的湯姆表哥，快叫表哥。」

　　可是孩子們都低著頭，躲到她身後去。她又喊道：「莉莎，快，馬上做一份熱騰騰的早餐。不過，你在船上吃過了嗎？」

　　我說：「我在船上吃過了，太太。」

　　「不要叫我太太，叫我薩利姨媽。你的姨丈去鎮上接你了，你沒碰見嗎？」

　　「沒有，薩利姨媽，我沒碰見。」

　　「你把行李給誰了？」

　　「誰也沒給。」

　　「小傻瓜，那會給人偷走的。」

　　「我有好好地藏起來，不會給人偷走。」

　　她把我帶到房裡，又問些話。突然，她一把揪住我，把我推到床後，說：「他回來了！你把頭低下去一點兒，可千萬別出聲，別讓他知道你來了，我要給他一個驚喜。」

　　我知道就要穿幫了，可是我也沒有其他辦法，只好聽天由命。

　　那位先生進來後，我才瞄到他一眼，菲爾普斯太太就把我的頭往下按，然後，我的視線就被床鋪擋住了。

　　菲爾普斯太太往他跑去，問：「他來了嗎？」

　　「沒有。」她的丈夫說。

　　「老天啊！」她說：「到底出了什麼事？」

　　「我不知道，」先生說：「說實話，我很擔心。」

　　「嘿！塞拉斯，你看外面是不是有人來了？」

　　他跑到窗戶邊，而菲爾普斯太太則拽了我一把，我不得

不又站了起來。菲爾普斯先生從窗邊轉過身來，就看見我呆頭呆腦地站在那兒。

他瞪大眼睛看著我，問道：「這是誰？」

「你猜是誰？就是湯姆·索耶啊！」

那位先生高興得抓住我的手握個不停，不過，他們的高興，跟我的開心比起來，可說是小巫見大巫。我感覺自己好像重生了一般，好像剛剛重新找到自己一樣，心裡真是無比高興啊！

冒充湯姆·索耶真是件輕而易舉的事，我慢慢愈演愈自在，也不再懸著一顆心了。可是，聽他們談到有一艘小蒸汽輪船正從大河上開往這裡，我心裡又開始覺得不對勁。如果湯姆就在那艘船上，而他還沒等我說明情況，就進門喊出我的名字，那可怎麼辦呢？

絕對不行！

於是，我藉口要去鎮上把行李取回來，就獨自離開了菲爾普斯家。

我駕著菲爾普斯家的馬車前往鎮上，才到半路就看見另一輛馬車往我的方向過來，定睛一看，果然是湯姆·索耶沒錯！我停下馬車，等他過來，然後大喊了一聲：「站住！」他的車就挨著我的車停了下來。

湯姆的嘴巴張得大大的，就這樣愣了很久，後來他才開口說：「我從來沒做過對不起你的事，你的魂魄為什麼要纏著我啊？」

我說：「我的魂魄並沒有纏著你，我根本沒有死！」

他摸了摸我，又盯著我看了一陣子，才放下心來。再次見到我，湯姆高興極了。他告訴我，大家都以為我已經被謀害，我老頭不久後也失蹤了，沒再回去過，而華森小姐的黑奴吉姆也逃跑了等等的消息。

我則訴說了這段時間的冒險經歷，國王和公爵演出《皇家寵物》，以及在大河上漂流的經過。最後，把現在陰錯陽差假扮成他的情況告訴了他。

　　湯姆想了想，說：「我有辦法。你把我的箱子搬到你的車上去，就當作是你的行李。我到鎮上一趟，大約半個鐘頭之後我再過去。」

　　「好，不過還有另外一件事。這裡有個黑人，我打算把他帶走，讓他不用再給人當奴隸。他就是華森小姐的那個吉姆。」

　　湯姆說：「啊！原來吉姆也在……」他眼睛一亮，爽快地說：「好！我幫你！」

　　把他的箱子搬到我的馬車上之後，我們就各自駕著馬車往相反方向趕路。

　　沒過多久，湯姆假裝成自己的弟弟希德·索耶來到菲爾普斯家，薩利姨媽一家人對於希德突然來訪有點驚訝，但仍然高興地歡迎他。

　　吃晚飯的時候，一個孩子問：「爸爸，能讓湯姆和希德帶我去看戲嗎？」

　　「不行，」菲爾普斯先生說：「根本沒什麼戲可看，那個逃跑的黑人已經把演戲詐騙的事情，告訴我和波頓了。我估計，這會兒，波頓早和鎮民們把那兩個不要臉的混蛋攆出鎮去了。」

　　剛吃完晚飯，我和湯姆就假裝自己累了，想先上樓去睡覺，但是卻偷偷從窗戶爬出房間，往鎮上跑去。

　　當我們趕到鎮上時，剛好看見一大群人拿著火把，憤怒地嚷嚷著，他們把國王和公爵抬在木架上遊街——國王和公爵的身上被塗滿柏油、貼滿了雞毛，簡直像是兩把巨大的雞毛撢子。

第十二章　湯姆的營救計畫

　　看到這兩個壞蛋終於受到懲罰，我反而高興不起來，心情亂糟糟的，有點兒愧疚，有點兒自責。

　　我跟湯姆聊了聊，他說他懂我的感受。隨後，我們就撇開這話題，開始想著該怎麼營救吉姆。湯姆忽然說：「聽我說，哈克，我們真傻，居然沒想到這一點，我敢打賭，我知道吉姆在哪裡。」

　　「不會吧？他在哪？」

　　「你知道有個黑人總是往一間小屋子送吃的吧？就在那裡。」

　　第二天，我們一早起床，馬上就去跟那個黑人攀了攀交情。用過早餐後，我和湯姆便跟著他一起去送吃的，果然在那間小屋子裡發現吉姆。湯姆悄聲對吉姆說：「千萬別讓人知道你認識我們！晚上，你要是聽見有人在挖地道，那就是我們，你放心，我們會救你出去的。」

　　那天上午，我從晒衣繩上「借」了一條床單和一件白襯衫，還拿了幾根蠟燭，後來又找來一個袋子，把所有東西裝進裡面。

　　夜裡，我們趁大家都睡著的時候，從窗戶爬出去，溜到小屋子旁邊，開始挖起地道。我們用偷來的兩把長刀使勁地挖了又挖，差不多挖到半夜，兩人都累得要命，掌心還磨出了血泡，卻一點進展也沒有。

　　後來，我在舊工具堆裡翻找了一陣，找到一把十字鎬和一把鐵鍬。我拿起鐵鍬，再把十字鎬扔給湯姆，湯姆馬上一聲不吭地動手挖土。他做事老是那麼認真，一點都不馬虎。於是，我們一個刨土，一個鏟土，配合得很好，總算挖開了一個洞，看起來還算有進展。

隔天晚上剛過十點，湯姆和我又溜出去，拿起工具使勁兒挖地道，大約挖了兩個半鐘頭，終於把洞挖穿了。我們從吉姆的床底下爬進小屋裡，點亮蠟燭，把吉姆叫醒。

　　吉姆看見我們，高興得要命，他要我們趕緊去拿一把斧頭，砍斷鎖著他的鐵鍊，快點逃跑。

　　但是湯姆說，這跟他的計畫不一樣，他想要按照計畫進行。湯姆把自己的計畫全部說了出來，並強調說如果情況不對，也會馬上改變計畫。總之，一定會讓吉姆順利逃脫。

　　聽完湯姆的話，吉姆彷彿吃下定心丸。之後，我們就離開那裡，去院子裡的廢料堆裡東翻西找，找到一個舊的白鐵盆，然後又去地窖裡偷了一袋麵粉，預備拿來烙大餅。

　　做完這些事，我們才發現太陽早已升起。打算走去餐廳吃早餐的路上，薩利姨媽正好走過來，生氣地嚷嚷著塞拉斯姨丈的襯衫不見了，還有床單、蠟燭等等。聽到大家懷疑可能是被老鼠拖走時，我和湯姆總算鬆了一口氣。

　　沒想到，烙餅那麼費工夫。我們來到樹林裡，用了整大袋麵粉，還被燙傷好幾次，才終於烙出一個中空的大餅。我們把床單撕成小布條搓成了一條繩梯，然後把繩梯夾在大餅裡烙，好不容易終於成功了。

　　我們還在大餅裡放了其他東西，有襯衫和蠟燭等等，雖然吉姆不需要這些東西也能逃跑，但是湯姆說越獄的人都有這些工具。

　　我們把加工後的大餅放在端給吉姆的盤子裡，趁送飯時交給吉姆。等小屋裡只剩吉姆一個人的時候，他就可以撕開大餅，把繩梯從裡面拿出來，藏在床上的草墊裡。

　　三個禮拜後，湯姆說，該實施下一步計畫了。他寫了一封匿名信，把信塞進菲爾普斯家前門的門縫。信上寫著：

小心！大難臨頭，務必警惕！

無名氏

第二天，湯姆在前門釘了一張畫著骷髏的圖。

第三天，又在後門釘了一張畫著棺材的圖，這下子可把薩利姨媽一家嚇壞了。

湯姆說，打鐵趁熱，壓軸戲該上場了。翌日清早，湯姆寫了另外一封信，趁著守夜的黑人還在睡覺，把信插在他的領子後面，信上是這麼寫的：

我希望和你們做朋友，請你們千萬不要出賣我。

有一幫從印第安區來的暴徒，計畫今晚偷走你們家那個逃跑的黑奴，他們一直在恐嚇你們，就是想讓你們不敢輕舉妄動。我是他們的同夥，但是現在已經信了上帝，想金盆洗手，重新做人，所以才寫信告訴你們。他們會在十二點整摸進你家院子，用複製的鑰匙打開門鎖，放走黑奴。我會在他們進屋的時候，學羊叫作為信號，你們要立刻把他們反鎖在屋裡，等有時間再處置他們。請務必按我說的話做，不然他們會懷疑我。我不想要任何報酬，只是想做件好事。

無名氏

當天晚上大約十一點半的時候，我走進客廳，天哪！裡面竟然聚集了十五名農夫，手裡都拿著槍！

我只花了一秒鐘就衝上樓，又花一秒鐘爬出窗外，接著跑到小屋去告訴湯姆，我們得趁早開溜才行──那些人可都拿著武器哪！

不料湯姆卻高興極了，他眼睛發亮地說：「不會吧！哈克貝利，要是再多來個兩百人更好……」

「快點，快點！吉姆在哪裡？」

「就在你旁邊，他已經打扮好了，我們現在就可以溜出去了！我來學羊叫。」

這個時候，一些細碎的腳步聲在小屋外響起，我還聽見有人觸摸門鎖的聲音，以及說話聲：「我們來得太早了，門是鎖著的，那些暴徒還沒來。這樣吧！我們幾個人先進屋裡埋伏，其他人在周圍躲起來。」

有幾個人走了進來，在黑暗中他們看不到我們，我們連忙鑽到床底下，通過地道鑽出屋外去。吉姆第一個，我第二個，湯姆第三個。我們三人排成一列，打算偷偷跨過柵欄溜走，可是湯姆的褲子被柵欄上的荊棘纏住了，腳步聲越來越近，湯姆情急之下使勁兒一扯，褲子裂開，發出「叭嚓」一聲，有人大喊：「誰？快說，不然我開槍了。」

湯姆跟在我們後面奮力奔跑，馬上有人追了上來。砰！砰！砰！子彈在我們身後刷刷飛射而過，我聽見他們大聲喊著：「他們往河邊跑了，快追啊！把狗也放出去。」

我們跑到拴木筏的地方，確定三人都上船後，便拚命地往大河中央划，岸上傳來人群跑動的聲響，還有狗吠的汪汪聲。終於，我們擺脫危險，從容、舒服地在木筏上坐下，我鬆了一口氣，說：「吉姆，你現在自由啦！我保證你再也不用給人當奴隸了。」

「這次的事情做得漂亮，我們把他們耍得團團轉，哈哈哈！」湯姆開心地說。

我們都很高興，但是湯姆說，最高興的是他，因為他光榮掛彩，小腿上中了一顆子彈。

我和吉姆聽到，嚇了一大跳，連忙查看他的傷口。他的傷勢不輕，小腿在流血。我們趕緊讓他躺下，撕碎了一件襯衫，幫他包紮傷口。

　　湯姆卻說：「把布條給我，我自己會捆。別耽擱了，快撐著木筏走吧！」

　　可是我和吉姆很猶豫，心想不管我們誰受了傷，湯姆絕對不會不管我們的傷，自顧自逃跑的。於是，我們決定先划到獨木舟所在的地方，再由我划獨木舟去請個醫生，而吉姆則留下來照顧湯姆。

　　醫生是個和氣的老先生，我請他和我一起到大河的木筏上替湯姆診治，醫生看了那艘獨木舟，搖頭說，這樣的小船恐怕只能坐一個人。所以為了安全起見，他會先划船過去木筏，而我留在岸邊，找找有沒有其他的船可以借用。

　　待在岸上找船時，我心想，如果醫生診治回來，指認我和湯姆是放走吉姆的犯人，怎麼辦呢？最好的方法，還是綁架醫生，等他完全治好湯姆後再放了他，並把醫療費也交給他。我打定主意，等醫生上岸後就扣留他！於是，我坐在一堆木頭上等著，沒想到後來睡著了，一覺醒來，太陽已經高掛在頭頂上了！我趕緊起身，一邊奔跑一邊四處尋找醫生的蹤影，但才拐個彎就撞上了一個人，我抬頭一看，竟然是塞拉斯姨丈！

　　他說：「嘿，湯姆，你去哪兒了？」

　　「啊，我和希德去找那逃跑的黑人。」塞拉斯姨丈又問我希德去哪了，結果我不得不扯謊，說希德在郵局打聽逃跑黑人的消息。於是，姨丈拉著我到郵局，可是「希德」當然不在那兒。我們等了很久，姨丈還在郵局取了一封信，直到天黑了才帶著我先回去。第二天一早，姨丈剛吃完早餐，又跑到鎮上的郵局去找湯姆，可是仍然沒找到。

　　姨媽和姨丈坐在餐桌前，討論著湯姆可能的去向，過了一會兒，姨丈說：「我昨天有把那封信交給你嗎？」

　　「沒有，你沒有給我什麼信。」姨媽回答。

姨丈像是想起什麼似的，從口袋裡找出一封信交給她。

姨媽說：「這是從聖彼得堡寄來的，這封信肯定是姐姐寄來的。」此時，我只想腳底抹油開溜。誰知道，姨媽還沒把信撕開，就看見外面有一群人走了進來。

湯姆躺在一張床墊上，被人抬著進來，還有吉姆，雙手被綁在身後。趁著大家都跑出門外迎接「希德」時，我順手把姨媽匆忙放下的信偷偷拿走，然後急忙也跟了出去。

姨媽一看到湯姆閉著眼睛、不省人事的樣子就哭了，其他人則痛罵吉姆，還打了他兩巴掌，並拿鐵鍊鎖住他。就在這時候，那個醫生來了，他說：「你們不能這樣對待他，他一直幫忙照顧著這孩子，並且冒著被人抓住的危險，一起把這個孩子送回來。」

第二天一早，我去看湯姆，打算在他醒來之後先商量一下事情。結果湯姆還沒醒，薩利姨媽就來了，我只好和她一起等著湯姆醒來。

好不容易，湯姆醒過來了。他睜開眼睛，看了一下四周後，說：「咦！我怎麼在這裡？吉姆呢？」

我只好說：「他很好。」我不敢說得太明顯，只能含糊其辭。

「那就好。哈哈！那我們都平安無事了，你跟姨媽說了嗎？」我正想說我已經說過了，可是薩利姨媽插嘴說：「說什麼呀？」

「整件事情的經過啊！」

「哪件事情啊？」

「就是我們把吉姆放走的事情啊！」

「可憐的孩子，病還沒好，又在說夢話了。」

「我可沒說夢話，姨媽，你不知道，這事費了我們多大工夫！我們花了好多天，得想辦法偷蠟燭、床單、襯衫和麵

粉等等，你根本想像不到，我們還畫了那些骷髏、棺材，又寫了信……」湯姆得意洋洋、興高采烈地說個沒完。

「原來這些都是你們做的好事！」姨媽氣呼呼地打斷他的話，說：「你們以前做的事情我不追究了，不過，要是再想去管那個逃跑黑人的閒事……」

「那個逃跑的黑人？」湯姆望著我：「湯姆，你剛才不是說他很好嗎？難道他沒有順利逃跑？」

「他呀，」薩利姨媽說：「當然沒跑掉，我們又把他捉回來了，還多綁上好幾條鐵鍊呢！」

湯姆一聽，猛地一下從床上坐起來，眼睛冒火，鼻孔張大，大聲吼道：「你們有什麼權力把他關起來啊？他不是奴隸，他是自由的！」

「你說的是什麼話？」

「薩利姨媽，吉姆以前的主人華森小姐兩個月之前去世了，她本來打算把他賣掉，可是臨死前後悔了，留下遺囑說要恢復他的自由。我只是想晚一點再告訴你們，才有機會嘗嘗冒險、流血的滋味。哎呀！天哪！波莉姨媽！」

我抬頭一看，可不是嗎？波莉姨媽就在門口站著，滿臉帶笑。薩利姨媽跑過去，兩個人開心地擁抱在一塊兒。我趕快衝到床底下，躲了起來。不用說，波莉姨媽一來，我和湯姆的身分就曝光了。

波莉姨媽說她收到了薩利姨媽的信，信裡說湯姆和希德都來了，兩個人都平安抵達。

波莉姨媽感到奇怪，心想，怎麼會兩個人都去了呢？所以她又寄了一封信來詢問狀況，可是遲遲沒有收到回信，就想親自來一趟看個究竟。

持續的改進勝於遲來的完美。

Continuous improvement is better
than delayed perfection.

馬克・吐溫
Mark Twain

第十三章　冒險的終點

後來，我找到機會跟湯姆聊天。湯姆說，原本是想，如果逃脫的計畫順利執行，我們會和吉姆一起乘著木筏，在大河上自由自在地漂流一段日子，做點有趣的事，再給吉姆一些錢，讓他派頭十足地搭大蒸汽輪船回家鄉去。還要寫封信去吉姆的家鄉，讓那邊的黑人舉辦一個遊行，歡迎吉姆榮歸故里。

大人們終於放了吉姆，我們三個又聚在一塊兒聊天，談著冒險計畫。湯姆說他想溜出去，買些生活必需品，到印第安區玩幾天。我說，好是好，但是我沒錢，買不起出門用的東西，我猜我的那筆錢早就被老頭子從柴契爾法官那裡拿走了。

「不，他後來就都沒有再出現了。」湯姆說：「你的那六千塊錢，一毛都沒少。」

吉姆突然嚴肅起來，說：「他再也不會出現了。」

「為什麼，吉姆？」

「你還記得那個順著大河往下漂的房子嗎？那裡面有一具屍體，我當時不讓你看，你還記得嗎？那個死去的人，正是你的爸爸。」

過了一陣子，湯姆差不多完全康復了。他把那顆子彈用錶鏈繫著，掛在脖子上，常常裝模作樣地拿出來看。

我想我必須在湯姆和波莉姨媽離開之前，早一步開溜才好，因為，薩利姨媽打算收我當乾兒子，讓我受教育當文明人。但我可受不了，我早就知道那是什麼滋味了。

頑童歷險記學習單

頑童歷險記（故事內容的回顧）

1. 哈克一直不願意被收養，你覺得他為什麼那麼排斥？如果你是哈克的朋友，你會支持他嗎？

2. 故事中，國王和公爵的下場是被村民「抹上柏油、黏上雞毛」後遊街示眾。你認為這個行為代表什麼？這種處罰方式適合嗎？為什麼？

3. 公爵策劃的《皇家寵物》劇場，是運用什麼方式來吸引和招攬觀眾的？

謊言與隱瞞（故事困境的延伸）

1. 故事中有許多角色都曾經說謊：哈克、國王與公爵、湯姆等等。正所謂「說一個謊，需要更多謊來圓」，我們能用哪些情節來印證這個說法？

2. 你曾經說過謊嗎？你的謊言造成了什麼影響？

3. 湯姆隱瞞了華森小姐的遺囑，他為什麼這樣做？吉姆也隱瞞了哈克父親過世的消息，他又為什麼這樣做？同樣都是「隱瞞」，你認為湯姆和吉姆的行為有什麼差別？

獨立生活 （假如故事內容發生在自己身上會怎麼做？）

1. 想想看，如果你要獨自在外生活一個月，你會做哪些準備？

2. 在這一個月中，你會想去哪裡？又會選擇什麼交通方式抵達目的地呢？

3. 故事中，國王和公爵用了許多不同的方式賺取金錢，像是戲劇、算命、舉辦傳道會等等。如果在外生活時缺錢花用，你會怎麼做呢？

種族主義 （故事內容的延伸）

1. 「種族主義」的定義是什麼？描述看看。

2. 黑奴吉姆為什麼要逃跑？故事最後，湯姆想要讓吉姆風光地回到家鄉。你認為吉姆的家鄉在哪裡？

3. 歷史上有許多人因為「種族」原因而受到壓迫，你能舉出一些例子來說明嗎？

冒險的小船 （活動）

　　《頑童歷險記》中能看到哈克和吉姆乘坐小船、木筏、獨木舟的場景，他們搭乘著這些水上交通工具，去到許多地方冒險。想想看，當你有天也要乘船旅行，你會如何設計一艘「冒險小船」？發揮你的創意，把它畫下來吧！

國家圖書館出版品預行編目 (CIP) 資料

馬克 . 吐溫 Mark Twain：湯姆歷險記 & 頑童歷險記 /
　馬克 . 吐溫 (Mark Twain) 作 . -- 初版 . -- 桃園
　市：目川文化數位股份有限公司 , 2022.02
　192 面；20x13 公分 . -- (典藏文學)
　　譯自：The Adventures of Tom Sawyer；
Adventures of Huckleberry Finn
　ISBN 978-626-95460-3-9(精裝)

875.59　　　　　　　　　　　　111000495

典藏文學 01

馬克‧吐溫 Mark Twain

湯姆歷險記&頑童歷險記

作　　　者：馬克‧吐溫 Mark Twain
主　　　編：林筱恬
責　　　編：蔡晏姍
美術設計：巫武茂、張芸荃
出版發行：目川文化數位股份有限公司
總 經 理：陳世芳
發行業務：劉曉珍
法律顧問：元大法律事務所 黃俊雄律師
地　　　址：桃園市中壢區文發路 365 號 13 樓
電　　　話：(03) 287-1448
傳　　　真：(03) 287-0486
電子信箱：service@kidsworld123.com
網路商店：www.kidsworld123.com
粉絲專頁：FB「 悅讀森林的故事花園 」
印刷製版：長榮彩色印刷有限公司
總 經 銷：聯合發行股份有限公司
地　　　址：新北市新店區寶橋路 235 巷 6 弄 6 號 2 樓
電　　　話：(02) 2917-8022
出版日期：2022 年 2 月 (初版)
I S B N：978-626-95460-3-9
書　　　號：CACA0001
定　　　價：680 元